本色文丛·柳鸣九 主编

岁月几缕丝

——刘再复散文随笔精选

刘再复／著

深圳出版发行集团
海天出版社

图书在版编目（CIP）数据

岁月几缕丝 / 刘再复著. — 深圳：海天出版社，2012.9
（本色文丛. 第1辑）
ISBN 978-7-5507-0518-0

Ⅰ. ①岁… Ⅱ. ①刘… Ⅲ. ①散文集—中国—当代
②随笔—作品集—中国—当代 Ⅳ. ①I267

中国版本图书馆CIP数据核字（2012）第204710号

岁月几缕丝
SUIYUE JILVSI

出 品 人	尹昌龙
出版策划	毛世屏
责任编辑	林星海　　陈　嫣
责任技编	蔡梅琴
装帧设计	斯迈德设计 0755-83144228

出版发行	海天出版社
地　　址	深圳市彩田南路海天大厦（518033）
网　　址	www.htph.com.cn
订购电话	0755-83460293（批发）0755-83460397（邮购）
印　　刷	深圳市华信图文印务有限公司
开　　本	787mm×1092mm　1/32
印　　张	9
字　　数	147千
版　　次	2012年9月第1版
印　　次	2012年9月第1次
定　　价	29.00元

　　刘再复，1941年出生于福建南安刘林乡，1963年毕业于厦门大学中文系并到北京工作。曾任中国社会科学院研究员，中国文学研究所所长，《文学评论》主编。曾在海外多所大学院校担任过客座教授、讲座教授、名誉教授与访问学者。著有《性格组合论》等40多部学术论著和散文集。作品已翻译成英、日、韩、法等多种文字。

总　序

◎柳鸣九

　　深圳海天出版社似乎颇有点"散文随笔情结"，前几年，他们请季羡林先生主编了一套"当代中国散文八大家"丛书，效果甚好。于是，他们再接再厉，去年又策划出新的书系"世界散文八大家"。可惜此时季老先生已经仙逝，他们只好等求其次，请柳某出面张罗。此"世界八大家"，召集实不易，飘洋过海，总算陆续抵岸。但书系尚未全部竣工之际，海天又策划了一套新的文丛，以现今健在的著名文化人的散文随笔为内容。大概是因为柳某与海天已有一次愉快的合作，自己也常写点散文随笔，又身居"人杰地灵"的北京，便于"以文会友"，于是，海天又要柳某出面张罗。这便是这套书系产生的来由。

　　什么是散文随笔？前几年，一位被尊为大师的权威人士曾斩钉截铁地谓之为"写身边琐事"。我曾努力去领悟其要义，但就自己有限的文化见识，总觉得这个定义似乎不大靠谱。就"身边"而言，散文随笔的确多写与自己有关的人或事，但远离自己的人与事入文而成经典散文者实不胜枚举；就"琐事"而言，散文随笔写人写事确讲究具体而微，知

· 1 ·

微见著，以小见大。但以经国大业，社稷宏观，高妙艺文，深奥哲理为内容的名篇也常见于青史。不难看出，对于散文随笔而言，"题材不是问题"，任何事物皆可入散文，凡心智所能触及的范围与对象，无一不可成就散文也。故此，窃以为个人心智倒是散文的核心成份。那么，究竟何谓散文呢？散文的基本要素究竟是什么呢？如果用定义式的语言来说，散文就是自我心智以比较坦直的方式呈现于一定文学形式中，而自我心智者，或为较隽永深刻的自我知性，或为较深在真挚的自我感情。说白了，如果是思想见解，当非人云亦云，而多少要有点独特性，多少要有点嚼头与回味；如果是情感心绪，那就必须是真实的、自然的、本色的、率性的，而要少一些矫饰，少一些虚假，少一些夸张。是的，尽可能少一些，如果不能完全杜绝的话。诗歌中常有的那种提升的、强化的、扩大的感情似乎入散文不宜，还是让它得其所呆在诗歌里吧。至于"一定的语言文学形式"，不外意味着两点，一是非韵文的，这是散文有别于诗歌的最明显的标志；二是要有一定的修饰技巧，一定的艺术化，这则是散文随笔不同于公文告示、法律条文、科普说明以及各种"大白话"的重要标志。

这便是我所理解的散文随笔。我在自己的学术专业之外也经常写一些散文随笔，就是按照自己以上的理解来"炮制"的。今天，我被委以主编重任，也是按照自己以上的理解来操作的，至于我在自己的散文随笔中是否完全实践了自己的理念，是否达到自己的理念，在这次主编工作中是否有不合理、不入情的要求与安排，那就很难说了。呜呼，知与行的脱节与矛盾，人的永恒悲剧也。

出版社策划这个书系的时候，规定约稿对象为当今的文化名家。当今的文化名家种类何其多也：有在荧屏上煽情与讲道的主持人，有靠摆Pose与哭功而大富特富的影视大腕，有靠搞笑与搞怪的演艺奇才……人人都在写散文随笔，这大有成为当今散文随笔的主旋律之势。但按我个人的理解，这里所讲的文化名家不外是两种人，即具有作家文笔的著名学者与具有学者底蕴的著名作家，这两者的所长正是我对何为散文理解中所谓的"心智"这一大成份。由于我自己的圈子所限，这一辑的约稿对象全是上述的第二种人，即具有作家文笔的著名学者，而且基本上都是弄西学的学者或游学国外多年的学者，多散发出一点"洋味"的人。

学者写散文似乎有点"不务正业"，有点越界，侵入了文学家地盘。但对于学者来说，特别是对人文学者来说，却完全是性之所致，是一种必然。他本来就有人文关怀、人文视角、人文感情，这种心智状态、心智功能，一触及世间万物，就莫不碰撞出火花。只要有一点舞文弄墨的兴趣、冲动与技能，自然而然就可以产生出有点意思的散文随笔了。虽说舞文弄墨也是一种专门技能，需要培养与操练，但对于弄西学的人文学者来说，整天在世界文库里打滚，耳濡目染，这点技能是可以无师自通的。况且，人文学者于散文更有自己的优势，毕竟，他的知性是向全人类精神文化领域敞开的，他的目光是向全世界各种事物投射的。其散文随笔的题材，自是更为丰富多样，投射观察的目光自是更为开阔高远。而得益于世界各种精神文化的滋养，其可调配的颜色自是更为丰富多彩：说不定，也许我们这个时代有意思的散文随笔正是出自学者笔下呢，学者散文实不容当代文学史家忽视也……

不能再说下去了，再说下去就会变成"王婆卖瓜"啦，不过，我还是相信，这一辑学者散文也许能给文化读者多多少少带来一点不一样的感觉。

2012年5月

第一辑

岁月几缕丝

第一辑

别外婆

　　最后一次见到外婆是1988年春节，那时她已是九十高龄。见面后不久她就去世了。母亲告诉我，外婆临终前一直念着我的名字。外婆对我的情意如山高海深，但我只能报效她几滴很轻的眼泪。

　　在最后见到她的那一天，她躺在小屋角落里的小床上。那是我的母校国光中学的教师村落的一间小屋，我的外婆因为一直跟着当教师的儿子和媳妇，我的舅父和舅母，才能得到这个两米长的安静的角落。

　　在角落里，我看到从外婆深深的皱纹里泛起的一丝微笑，这一丝几乎看不见的微笑表达了她的全部喜悦。我从小就能从她的前额读出她的整个心灵。她话极少，必须读她的皱纹与微笑。我拉住外婆的手，她的手干瘦但仍有暖意。和外婆在一起，就想到年少的岁月。自从我七岁失去父爱之后，外婆的温情就护卫着我的童年。上中学时，我在舅舅任教的学校里读书，也因为外婆，少受了许多饥饿。她总是把舅舅家好吃的东西，留一碟给我，像外祖父在世的时候，留一小碗米粥给那一只心爱的小猫。一晃三十年过去了，我面对外婆，觉得没有辜负她老人家。这并不是因为我已有了名声，而是因为三十年岁月的激流，没有冲走我的曾在外婆怀里跳动和酣睡的童心，这颗心没有掉进人性的粪坑。

那一天，外婆一句话也没说，只是呆呆地微笑着。我知道她很高兴，她留给我的最后印象是快乐的。她不愿意让我牵挂。我的外婆没有文化，但她却和我的外祖父一起培养了一群有文化的子孙。她的后代，已有十几个教师，从大学到小学都有。她有根深蒂固的人生责任感，但她唯一的责任感，就是爱，天然的、无边的爱。她把这种责任推到很远很远的地方，不管我和我的兄

和外婆最后的照片

弟姐妹走到多远的天涯海角，都感受到她的爱。我这次见到外婆时，便想到人世间像外婆这种把爱当做唯一责任的人，愈来愈稀少了。阳光还在，但世界显得愈来愈寒冷。我觉得，自己倘若要让外婆感到欣慰，就是要把外婆给予我的这一责任基因，蕴藏在心底，让它不断生长，永远也不要学会冷漠与仇恨。

走出外婆的小屋，妻子瞥了一下我潮湿的眼睛，她知道我又伤感了。真的，在我踏出门槛的一刹那，我想到，这一定是最后一次和外婆见面，以后再见到她时，也许她不是在小床上，而是在坟地里了。我将不能再抚摸她的额头，只能抚摸她坟墓上的碑石和泥土。她的深藏于皱纹中的慈祥的微笑，再也看不见了，看到的只会是坟边的青草。想到这一切，想到刚才她手中给我的太阳般的温暖就要消失，我伤感了。人生这么短促，许多消失的将永远消失，绝对无法挽回。此去的路上，该不会爱我的人愈来愈少，恨我的人愈来愈多吧？也说不定，因为我的故土，曾在某段特定的岁月里，并不适合那些把爱作为唯一责任的人存活发展，在外婆晚年的二三十年岁月中，我的耳边充满着讨伐爱的声音。

想到这里，我回过头去最后看了一下外婆，她双眼紧闭，不愿看到我踏上路程，她知道，我要前去的大北方虽然广阔，但充满风雪与黄沙。

慈母颂

1

为了我和我的兄弟姐妹，妈妈，你把头发熬白了。翻开你年轻时的照片，你是那么秀丽而端庄。你微笑着，多么像蒙娜丽莎；你沉思着，多么像米开朗琪罗笔下的圣母。可是，你老了，为了我和我的兄弟姐妹，你付出了诗一样的青春，画一样的美貌，只留下雪一样的华发。

你苍老了，但你的历史的美并没有消失，你的现实的美也没有消失。像翻阅你往昔的照片，我常常翻阅着你永动的心灵，永存的慈祥。今天，我要高高举起你的名字，像高举故乡的松明点燃的火把，传播你那很少人知道的光明。从家乡那些狭窄的田埂走上眼前这宽广的大道，我一直在寻觅着精神上的维纳斯与海伦。然而，直到今天，我最爱的还是你，一切美丽名字中最美的名字就是你，妈妈。

用不着神灵的启示，当我还在摇篮里贪婪地望着世界时，就听懂那些朦胧的歌声，我知道那是你的祝福；随后，就从摇篮边看到一轮发光的太阳，那就是你的眼睛。还没有从摇篮里站起，就知道摇篮外有无穷的爱，那是你给我的数不清的腮边的亲吻。妈妈，第一个为我的快乐而欢笑的，第一个为我的啼哭而不安的，就是你。当我知道我的赤裸裸的、强健的身躯是你创造的时候，我就领悟到你的神奇和神圣，我扑到你那蓄满人间的全部温存的怀里，把脸贴进你的丰满的乳房，再一次吮啜你的圣洁的生命。在你那永远难知的爱的悸动里，我襁褓的心，开始向往，朝着大地与天空做无边的遐想。那时，你抚摸着我的头发，指尖的阳光一直射进我灵魂的深渊。妈妈，你以你的抚爱，构筑了我人生的第一个天堂，原初的，模糊的，然而终古常新的天堂。

2

你还记得吗？妈妈，当我还在悄悄学步时，你就教我爱，教我爱青山，爱绿树，爱翩翩而飞的蝴蝶和孜孜而忙的小蚂蚁。

你不许我踩死路边的任何一株小花和小草。你说，小花与小草是故乡的微笑，不要踩死这微笑，不要踩死微笑着的生命。这些小花小草都会唱歌，会唱橘黄色与翡翠色的歌，会唱渴念雨水和渴念阳光的歌。于是，小花小草成了我童年的伴侣，我把许多心事都向她们诉说。有一回，我的眼泪滴

母亲

落在小草的脸上，化做她的一颗伤心的露珠。

我曾憎恨蜇刺过我的蜜蜂，焦急地等待着报复的时刻。而你，不许我恨，你说，不要忘记她在辛苦地采集，勤劳地酿着甜蜜。要多多记住她的蜜，不要记住她的刺。要宽恕地上这些聪明而带刺的小生命。

在中学的作文本上，我呼喊着"向大自然开战"，所有的同学都赞美我的宣言。唯有你，轻轻摇头。你用慈母的坦率说，我不喜欢你这股气，空洞而冷漠。我希望你酷爱大自然，酷爱人类这一最伟大的朋友。要爱她的一切，包括爱严酷的沙漠，只有爱她，才能把她变成绿洲。不要动不动就说搏斗，不要动不动就说恩仇。即使是搏斗，也是为了爱，为了谴责那些无爱的毒蛇猛兽。没有爱的恨，就是兽性的凶残，人性的堕落。

3

你那么傻，年轻时就守寡，背负着古老的鬼魂而过着寂寞的生活。我不歌颂你的寂寞，但我要歌颂你在寂寞中的奋斗。生活多么艰难啊，为了我和我的兄弟姐妹，你在险峻的崖边上砍柴，在暴风雨下抢收倒伏的稻谷；为了抢救弟弟突来的重病，你在深夜里，穿过那一片林深苔滑的山岭。看你现在的手，有着比树皮还多的皱纹。

"我该怎么感激你？妈妈，该怎么报答你为孩子所做的牺牲？"你很不满意我的提问，在那棵大榕树下，你是那样认真地对我说：不要这样想，不要旋转着"恩惠"、"报答"这些念头。将来你干出一番事业，也不要轻易地说什么牺牲了自己而为别人造福。不要这么说。其实你并没有牺牲，你为他人奋斗时候，也造就了你自己。世上的天堂，就在你广阔而热爱他人的心头。我因为爱你们，所以我比你们更幸福。因为你们吮吸我的乳汁，我才感到自己是个母亲。因为你们在我怀里天使般地酣睡，我才感到自己置身于圣灵荫庇的教堂之中。没有你们的活泼的生命，哪有我自豪的梦魂。爱者比被爱者更幸福。

啊，母亲，哲学家似的母亲，很少人认识的平凡的母亲，我记住你的话，记住你这灵魂里流出来的深奥难测的歌声。

自从我心底缭绕着你深奥的歌声，我才懂得唯有把爱推广到人间，才有灿烂的人生。为他人，将比他人更加荣幸；一切，一切，都是我的本份；一切，一切，都是我自身所需求的旅程。说什么有功于他人，我只记得有功于自身——有功于我的自我实现，有功于我的自我完成。

亲爱的母亲，像大地一样慈蔼的妈妈，你心灵里的歌声，比圣人的教导还叩动我的心弦。因为有你这歌声，我不再傲视世界，不再傲视他人，不再相信那些宣告"我不入地狱谁来入"的英雄。我把他人与自身融和为一个美丽的境界，一种博大而单纯的灵魂。

4

妈妈，我和弟弟妹妹，好几次问你，从少年时代问到青年时代："你为什么爱我，为什么为我们付出一生？"

你总是说，我不知道，我不知道，不知道在爱你们，一点也不知道。

有一次温和的妈妈竟然生气了。你指责我们，不要问，不要问，不要问这是为什么？我要告诉天下所有的孩子，母亲的爱就是纯粹的爱，天然的爱，无条件的爱，为爱而爱。就是说不清为什么爱的爱。妈妈，你生气时多么美丽呵，像秋日的太阳，喷发时也充满着温柔的黄金。可是，直到很久以后，我才明白你的这些母爱的宣言。是啊，唯有不求报偿的爱，唯有连自己也意识不到的、从高贵的天性中自然涌流出来的爱，才是真实的。妈妈，你就是这样无条件地爱我，从心灵的最深处把爱献给你的儿子。

我知道，即使我长得像个丑八怪，你也会爱我的；

即使我脾气暴躁得像家乡的水牛，你也会爱我的；

即使我贫穷得沿街流浪，你也会爱我的；

即使我被打入地狱，你也会用慈母的光明，照亮我痛苦的心胸的。

你的无所不在的光明，比天上的阳光还强大；你的爱能穿透一切云雾，一切屏障，一切厚重的铁壁和地层。

亲爱的妈妈，唯有在你辽阔的心胸里，能容纳我灵魂变化万千的宇宙：悲与喜，冷与热，欢乐与忧伤，希望与忏悔，亢奋与寂寞，歌吟与诅咒。唯有在你的辽阔的母性海洋里，能够容纳我的一切心底的秘密，一切人类天性赋予我的动荡不定的波涛，还有一切社会难以容纳的贫穷的朋友，一切已经沉沦而没有地位的失足者。

妈妈，当你容纳我的一切时，你从来也不准备和我一起承受人世的光荣。你只准备着为儿女背负灵魂的重担，准备着为我和我的兄弟姐妹承受一切苦恼与忧伤，还有一切突然来袭的风暴。当鲜花织成桂冠佩戴在我身上的时候，我看到你还是伏在地上，默默地、机械地搓洗着我和孩子们的衣服，汗水依旧像小河那样在脸上涌流。不管屋外有什么风云转换，你的汗水总是静悄悄地流……

5

比海洋还要深广的母爱啊！如果人们问我为什么热爱家乡，我要说，因为家乡里有我的母亲，白发苍苍的母亲，朝夕思念着我的母亲。妈妈，今天你又到了遥远的地方，不管你走到那里，你都是我永远眷恋着的故乡。你的眼泪就是我故乡土地上甘美的泉水；你的语言就是缭绕于我心坎的乡音；你的嘴唇，就是家乡芬芳的泥土；你的双手，就是故园那些苍劲的青松。而你的心灵，就是我的爱的旗帜，生的警钟，死的归宿。

母亲，你不管走到哪里，都会把爱带到哪里。把檀香般芬芳的爱播向整个人间的圣者就是你，我的妈妈。家屋的门槛不能限制你的爱，故乡的门槛不能限制你的爱，世界上所有的门槛都不能限制你心中爱的大河。从地上的星星到天上的星星，从身旁的弟兄到远方的弟兄，你都会献予衷心的祝福。你教会我，爱是不会有边界的，就像太阳的光辉，超越一切界限地把温暖和光明，投射到四海之内的每一个兄弟姐妹。

6

你为人间的邪恶痛苦过。那些为了虚荣互相厮杀的人，那些为一种霸权把无数生命投进战火的赌徒，都使你愤怒。憎恨使你的心受到折磨。但你也怜悯过他们，这些可怜的灵魂。堕落的暴徒多么悲惨啊，他们的名字将永远像沉重的鬼魂被钉在耻辱柱上，无论岁月怎么变迁，时空怎么移动，他们都要受到永恒的诅咒，连他的母亲也要蒙受污辱。对人类失去爱的罪人，必定被历史所憎恶。啊，可恶而可怜的人生，叫你永远困惑和悲悯的另一种人生。

妈妈，你曾经委屈过，你的高贵的母性，曾经被蔑视过。在那个所有的爱都垂死的岁月，我也被怂恿过，也蔑视过你的爱。我把鲜花扔到路旁，把小草辗碎在脚下，把兄弟姐妹当作仇敌。在心灵里丢失过你爱的歌声。我谴责过你给我太多的软弱，使我缺少厮杀的本领、破坏的热情。妈妈，在那些严酷的日子里，你悄悄地流过许多眼泪，为你的孩子，为其他母亲的孩子。

　　你曾经慌恐地找到其他的母亲，你的眼神变得那么怅惘，手变得那么冰凉，在社会大风雪中被冻坏了的妈妈，带着爱的悸动与女人的惊魂的妈妈。你和其他妈妈无能为力，只有心在颤抖，在呼吁：快结束吧，兄弟姐妹互相厮杀的战争；赶快走吧，赶走孩子心中不幸的魔鬼的阴影；快回来吧，孩子儿时那一双眼睛，那一份善良，那一脉天真。但你没有力量，往昔母亲的歌，唱不起来了，只化作一颗颗眼泪，在火炉边悄悄掉落。

　　原谅我吧，妈妈，在那些狂潮把我俘虏的岁月，你儿子的荒唐仅仅由于无知，但他并没有堕落。你在儿子身上播下的爱的因子，毕竟没有死亡。它在我的心底留下一点火星，这些微弱的光明使混沌迷路的我，从黑暗的森林里挣扎出来。虽然失掉许多温情，但没有变得像魔鬼那样冷漠。感谢你啊，母亲，你播下的爱，拯救了我的灵魂。

　　我今天又拾起你往昔的歌。妈妈，我要唱，轻轻地唱，唱给所有的绿叶与红叶，唱给所有的小草和小花，唱给所有的小路和大路，唱给所有的灯光和星光。很轻很轻的歌，很重很重的歌，只有你听得见，只有你听得清，遥远的母亲，遥远的故乡的心灵，遥远的中华的心灵。

最后的道德痴人

　　上一星期，远在福建家乡的母亲病重住院，我便心慌了。十年岁月的激流冲走了一切，国内已没有什么可牵挂的了，唯有年近八十的母亲的康安，是我的头等大事。

　　母亲从二十七岁开始守寡，守了半个世纪。在如此漫长的生命途中，她没有任何其他情爱故事。一生的传略只有一个情节，这就是她和我父亲相恋相守以及护卫儿子的情节。她以五十一年的孤绝，证明自己对丈夫的情爱坚如磐石和深似渊海。我曾说过，母亲当了三代人的奴隶，先是当了我父亲情感的奴隶，之后又当了儿子的奴隶。为了养活我们兄弟，她上山砍柴，下地踩泥，充当保姆，什么苦都不怕。最后又当了我的两个女儿的奴隶。在北京时，好几年我们一家五人挤在一间十二平方米的房里和大约六平方米的大床上，几次我看到女儿的腿横压在她的胸脯上，此刻的母亲，完全是一个负重推磨的老黄牛。

　　想起母亲，我总是想到"最后的莫希干人"（The Last of the

母亲兄弟

Mohicans）这一意象，觉得母亲正是中国最后的一个道德痴
人。这个痴人，是中国传统文化塑造的女性，远离"五四"
精神、远离革命、远离现代女权观念的最后一个女性。在本
世纪，这种女性已属稀有生物，在下个世纪，就更不可能有
了。这种女性的生涯是一种奇迹，既是坚贞、坚忍、真诚、
令人尊敬的奇迹，又是守旧、过时、痴呆、令人困惑的奇
迹。这一奇迹的双重意蕴，使我不得不提示女儿：可学奶奶

的品格，不必走奶奶的道路。我不忍心女儿选择她的道路，这是一条崇高而残酷的道路。我害怕天下有痴情女子把她当作楷模，为了实现人性高尚、规范的一面，毁掉人性生动、炽热的另一面。

然而，作为儿子，我却天然地把母亲当做自己的心灵导师。在混沌初开的少年时期，她是把我引向绚丽的未来的女神，每天每天，她都用汗水与泪水浇灌着我的刚刚萌芽的良心与同情心。而在我学有所成、用知识报效社会的时候，她仍然是我的精神导师。我把她的人生视为一部巨著，在不断的阅览中，我学习到忠诚，学习到刚毅，学习到爱的韧性与信念的韧性。双脚踩着崎岖不平的道路，眼睛盯着前方美丽的目标，这种事业的韧性也是这部巨著赋予的。在我独特的心灵孤本中，她的名字一直与荷马、苏格拉底、托尔斯泰的名字并列一起。尽管她缺少才华，不能像荷马们给我智慧，然而，她和他们一样，给我一种大慈悲的精神。说到这里，我突然想起了福克纳。想起他在1940年2月于密西西比州所发表的献给保姆卡罗琳·巴尔大妈的悼辞。大妈是一个黑人，生下来就处在受奴役的状态中，在福克纳的家里，她是个仆人。然而，从福克纳出生的那天起，她就投下母亲般的爱。尤其是福克纳的父亲去世后，她更是耗尽全部心力体力，为福克纳一家"献出了整整半个世纪的忠诚与热爱"。于是，这位母亲般的仆人成了福克纳的一位精神导师。福克纳说，卡罗琳大妈成了他的"正直行为的一个积极、持久的准则"，从她那里，他学会了说真话、忠诚、深情与挚爱。在福克纳心中，一个站立在身边半个世纪的奴隶与人类历史上的大师一样伟大。卡罗琳大妈是母亲般的奴隶，我妈妈是奴隶般的母亲，她们的命运与精神是相通的。今天，我在怀念为奴隶的母亲时，相信她的道路将会随着20世纪消失，但也相信她的心灵原则将会长久地激励着我，伴我继续在风里雨里前行。

苦　汁

　　大女儿剑梅诞生在距离她外婆家只有五里路的诗山南侨医院里。妻子的老祖母一听到娃娃出生的消息，就立即带了一杯用蛇胆泡好的苦汁，拄着拐杖，赶到医院里，然后不容分说地灌进我女儿的口里。刚刚问世的剑梅，吞进这杯苦汁之后，顿时放声大哭，哭得把整座产房都惊动了。

　　后来老祖母告诉我，蛇胆虽苦，但能消毒，孩子一生下来，让她尝点苦汁将来就一身干净。此事已过去二十七个年头了，但每次想起老祖母，总是想起她老人家的心愿：人生再苦，社会再脏，自己的子弟总应当是干净的。

　　今年春节，妻子跨洋过海回故乡，并去祭奠已故的老祖母的亡灵。老祖母活到九十三岁，是村子里年龄最长、也是最受敬重的老人。她一生清白，满身清气，死时房子里还点着一炷清香。当妻子回忆她老人家时总是掉泪。也是在这个春节，剑梅接到一张可以告慰老人家的贺年卡。这不是普通的贺卡，而是一幅国画。赠画的是我的朋友王观泉，一位正

直而有才华的学者。他画的是一个冰清玉洁的小姑娘，朋友
把她和我的女儿相比，画上题着"玉洁冰清"四个字，并用
清丽的文字作注：

> 临摹一个冰雪女孩送你，因你像她一样清新、可
> 爱，或说"玉洁冰清"是你性格的一部分，以此作贺
> 卡，也算我们"老"朋友对你的回赠吧；你每封信，每
> 张贺卡，都带给了我以温馨与清气。

我的女儿非常高兴，在纽约接到之后特地转寄给我，并
说，我不会辜负伯伯们的心意，我虽在攻读博士学位，但不
会像爬虫在名利的高墙上爬行，你放心。我看了不仅高兴，
而且立即想到应告慰万里之外正在地母怀里长眠的老人。可
是，我身在异国，慈者又在缥缈的他乡，此心此情不知该如
何寄托？无计之下，想到应把这张画镶在镜框里，这便使我
又想起二十多年前的苦汁，并确信女儿能获得"玉洁冰清"
的礼赞，真的和她一堕地就尝了苦汁有关。不管怎样，老祖
母的至亲至爱的信念是对的：一个有出息的生命，她要灿烂
地站立于世界之前，首先应当是干净的；而要干净，最好先
饮一杯人间的苦汁。

　　因为妻子怀念老祖母时，常讲这个故事，所以苦汁能洗涤人生的意念总是在我的脑际里盘旋。这种盘旋，使我更容易和痛苦而干净的心灵相通。虽然自己不能达到"冰清玉洁"的境界，但是，有了这种意念，总会离名利之思远些，至少，不会忘记向干净靠近，不会忘记"冰清玉洁"毕竟是种价值。也因此，我总是不敢跟着聪明人嘲笑"纯洁"，倒是对"脏水"保持警惕。也因为这种意念，我便觉得以往的劳动锻炼并非全是虚度。在社会底层中，了解民间的疾苦，受过折磨和流过眼泪，也像尝了胆汁一样。这种胆汁，真的帮助我拒绝社会的许多污浊和诱惑，在人们沉湎于用美酒灌润咽喉的时候，我因为有这一杯苦汁垫底，真觉得身上清洁健康了很多。因此，我在谴责把劳动作为惩罚制度的时候，并不厌恶劳动，更不后悔自己曾经饮过许多像胆汁一样的苦水和泪水。

最后一缕丝

聂绀弩于1986年3月去世。他生前以深挚的爱和奇特的学识，在我身上注入一些非常宝贵的东西。每次想到他的名字，我就在心中增添一些美好的东西和抹掉一些无价值的阴影。

聂老作为一个很杰出的"左翼"作家，在1949年之后还经历了那么沉重的痛苦和危险是令人难以置信的。他有奇才，但才能既是他的成功之源，也是他的痛苦之源。他既不懂得掩盖才能的锋芒，也不懂得掩盖良知的锋芒。每次政治运动，他都要说真话，真话不一定就是真理，但它是通往真理的起点。爱讲真话，这就决定他要吃亏，反"胡风"时，他当了"胡风分子"；反"右派"时，他当了"右派分子"；反"走资派"时，他又因为说了轻蔑江青的话而当了"现行反革命分子"。最后这一次非同小可，他被判了无期徒刑送进监狱，直到1976年10月才释放回北京。

我和聂老真是有缘。他出狱后不久，我们便成了近邻，同住在北京市的劲松区。十年之间，我们成了忘年之交。我

· 21 ·

说不清到过他家多少回，不过，每一次见到的几乎都是同一种情景：他靠在小床背上，手里拿着夹纸板和笔，想着写着。我一到那里，就悄悄地坐在他的小床对面的另一张小床上，呆呆地看着他想着写着。

日复一日，年复一年，都是如此。只是慢慢觉得他的露出被单的双腿愈来愈细，最后细得和他的胳膊一样，只剩下皮和骨，绝对没有肉。

屋里是绝对的安静，他的心跳也是绝对的平静。人世间的一切苦楚都品尝过了，和死神也打了几回交道，此时，死神对他已不感兴趣，他对死神也满不在乎了。至于别的：贫穷、荣誉、名号、专制、反自由化，那就更不在乎了。然而，他还在乎一点，就是写作。天天写，决不浪费一分一秒幸存的生命。他的身体已被摧残得没有多少气力了，但他还是用残存的气力去提起那一支圆珠笔。他赠给我的诗说："彩云易散琉璃碎，唯有文章最久坚。"他相信一切都会消失，唯有艺术是永存的。对于被迫害，对于坐牢，他唯一感到遗憾的是，失去了许多时间，少写了很多很多。我相信，只要有纸和笔，他坐一辈子牢也会满不在乎的。

他的双脚不能动了，自然到不了图书馆，因此，也只能利用家里有限的藏书，把精力放在古代几部长篇小说的研究上。他自嘲说："自笑余生吃遗产，聊斋水浒又红楼。"他没想到自己在七十三、四岁之后，还有"吃遗产"的机会，他真是倾心、沉醉于"遗产"。从最痛苦的地狱黑暗中走出来，能赢得一个机会，靠在小床上，欣赏自己心爱的艺术，感悟祖先的创造，这不正是天堂吗？昨天梦中的天堂不就是眼下这张小床和这些方块字吗？

1985年夏天，他处于病危之中，发烧，昏迷，赌气，我一见到这情景就非常着急："为什么还不送医院？"他的夫人周颖老太太说："他就是不肯走，早晨好几位朋友要他上担架，他却用手死死地抓住小床，就是不肯走。他就是这么犟。"我们只好干着急，不知道怎么办。他的夫人和朋友都走出屋了，我还站着呆看着他。突然，他张开眼睛对我说："只要让我把《论贾宝玉》这篇文章写出来，你们要把我送到哪里都可以，送到阎王殿也可以。"我一下子全明白了。我知道这对于他确实是最重要的事。

他最后的生命脉搏全部连着对《红楼梦》主人公的思考，这些思考凝聚着他对宇宙人生和文学艺术的全部见解。这是他最后的牵挂，最真实的心愿。就像一只蚕，他必须吐出最后的也是最美丽的一缕丝，才心甘情愿死去。只要最后一缕丝能吐出来，确实可以死而瞑目。这个九死一生的学人与诗人，其人生的最后的希望已变得非常具体，具体到吐出一条可以称作"贾宝玉论"的丝。

聂老去世之后，我常常想起他最后的牵挂和最后的遗憾，想到他抓住床架不肯离开这个世界仅仅为了吐出最后一缕丝，真有无限感触。想到这里，我就更懂得珍惜，懂得该珍惜那些最值得珍惜的东西。同时，我也不能不感慨，人与人的差别实在太大了，那么多人最后眷恋的，是金钱，地位，或者一顶戴得太久的桂冠。他们也像聂老抓住床沿一样紧紧地抓住自己的桂冠，然而，这是多么不同的眷恋，多么不同的境界啊。

聂老临终前，留给我许多非常宝贵的东西，包括他在监牢里读过的《资本论》和书中的数千张小批条，还有九箱的线装书。但是，朋友们不一定知道，他还留给我这一价值无量的最后一缕丝。

岁月的哀伤
——缅怀我的彭柏山老师

　　彭小莲所作的《他们的岁月》，是一部个人传记，也是一部历史报告文学，正如茨威格《昨日的世界》，写的是个人的生活历程，但又是一部二战期间欧洲的大时代悲剧。

　　彭小莲笔下的"他们"，是指她的父亲彭柏山、母亲朱微明以及与之相关的中国革命者。他们的岁月，是悲壮的，又是悲伤的。而他们的故事则是令我困惑了三四十年的故事。

　　彭柏山这个名字，对于香港人是陌生的，但对于经历过1949年前后动荡岁月的大陆知识分子并不陌生。大家都会知道他是新中国开国之后不久的华东军政委员会文化部副部长，上海市委宣传部部长，被毛泽东点过名的"胡风集团"在上海的支柱。而对于我，彭柏山这个名字，则是我的生命与我的历史的一部份。这个名字和这个名字所负载的革命、战争、死亡、苦难、眼泪、情谊、智慧、良心等等，深刻地影响了我的思想和道路。因为，这个名字，这个人，就是我的老师，在厦门大学中文系教我"写作实习"课的老师。在全年级的二百个同学中，他挑选了二十个学生，并要我做这门课的"科代表"。我的作文一篇一篇地被他修改，稿子空白处到处是他的密密麻麻的"眉批"。正当二十岁的时候，在我面前出现的这些批评文字，这些关于语言、关于结构、关于如何抒写社会与自我的最准确意义上的教诲，使我感到惊喜，并实实在在地感到有一只充满温情的老作家的手臂在推着我向文学花果山靠近。我和我的几个同学，都被告知这位老师是"胡风分子"，但我们不在乎，仍然不断地跑到他那只有十二平方米的房子里去听他讲鲁迅，讲殷夫，讲柔石，讲作文中的"学生腔"。我们衷心喜爱这位文武双全的老师，喜欢坐在他的小床上听他讲话，那时我们都因为饥饿而得了水肿病，但还是陶醉在他的谈论里。他成了我们这群学生的"孩子王"，他全神贯注于培育这群"孩子"，一点也没有过去的光环与阴影。

他的过去是名副其实的"左翼"作家和革命英雄。1941年"皖南事变"，他受陈毅委托，冒死送密件去拯救新四军二支队，幸存后又转战大江南北，到了1949年，他已是第三野战军二十四军的副政委（皮定钧将军就是这个军的军长）。他把自己的过去比作"战马"，把现在比作"黄牛",并写了一首《高傲的战马》的诗,表白他甘为祖国东南一群学子之牛的心愿。我读完这首诗后非常感动,想登在由我主编的用钢板刻印的刊物《鼓浪》上或者黑板报《熔炉》上,但是,系里的宣传干部知道此事后警告我:他属于敌我矛盾,文章不能登!一个写过《崖边》、被鲁迅关注过的"左翼"作家,一个为我们这些穷苦孩子的翻身解放浴血奋战、差点死于疆场的将军,连一首发自心底的短诗都不能在我们的黑板报上发表,这是为什么?此事震动了我。我几乎要哭出来。不好意思地告诉彭老师,他却安慰我,叫我千万别去争。他想到的不是自己,而是那些脆弱的嗷嗷待哺的弟子。

彭柏山老师从一个战功赫赫的将军变成一个连作品都无法在黑板报上发表的入另册的教师,但这并不是他的谷底。在"胡风集团"事件发生之后,他被逮捕,然后又被流放到青海的蛮荒之地,由于战友皮定钧的帮助,他才得以在厦门大学"偷生"。但是,文化大革命前夕,他终于无法维持这个教师地位而被送到河南农学院充当图书馆管理员。文化大革命中,这位穿越战火风烟的真正革命家再次作为"反革命"被揪出来斗争,而新的罪证竟是他的缅怀战友的长篇小说《战争与人民》。为了这份感情,他受尽污辱,四肢被捆绑在四根柱子上，身上压着装满石头的箱子，然后被毒打，以致被打死。死时满身红肿，遍体鳞伤。彭小莲"不忍"写这段故事，但这个故事一直折磨着我。20世纪八九十年代我不遗余力地呼唤人的尊严与个体生命的权利，显然与彭老师的死亡教育有关。他不仅用知识、用温暖的手臂扶助过我，而且用他的整个生命历程唤醒我重新认识革命，重新认识各种漂亮的名义、主义与曾让我沉醉的大概念。彭老师的悲剧是真正的悲剧，他不是死于刀光剑影的沙场，而是死于"莺歌燕舞"的凯旋门；不是毁灭于敌手之下，而是撞碎于自己的营垒之前。他在枪林弹雨中活了下来，却被自己所憧憬的理念与信念所杀，而且至死也没有放弃过信念。他拒绝与反叛过强加给他的"反革命"的命名，却从未质疑过造成他的悲剧的原始前提。他不仅自己饱受苦难，而且牵连整个家庭陷入深重的苦难，尤其是带给他妻子朱微明以无穷尽的浩劫。朱微明也被送入牢房，被泡在污水之中，她被折磨了整整四十年，没有一天得到喘息。我无法卒读彭小莲笔下的母亲的故事。故事里的母亲，身兼革命才女与翻译家的母亲，一肩挑着丈夫的"罪恶"，一肩挑着儿女的重担，每一天都在服着肉体与精神的双重苦刑。这种女性，是当今世界苦难最深重而精神却最坚韧的女性，真的可歌可泣，可敬可佩。

此时，我除了向她的高山岩壁似的灵魂深深鞠躬之外，只希望人们阅读她女儿所写的这本书，并能从中知道：世上有一种生命是不会被任何艰难凶险的命运所击倒的，她们在命运的打击中，显示着坚贞，显示着正直，显示着人的不屈不挠与大情大义。这种生命史，没有权贵们的金碧辉煌，但高洁，清白，丰实，伟大。"秉德无私，参天地兮"，彭老师在最艰难的时刻，常以屈原的《橘颂》自勉，这两句诗正好可以奉献给他们高贵的灵魂。

彭小莲不简单。她从小野气十足，不知有什么"责任"，长大后偏又有天赋的才华，当了电影导演，并有名声。加上出国深造，受到西方个人主义文化的熏陶，更是独立自由，完全可以抛开父辈的影子。但是，她却天然地意识到她的家庭故事不仅属于她的家庭，也属于一个时代，而且是属于这个时代最深刻的悲剧，这就是追求革命而毁于革命的悲剧。于是，她放下野气，沿着父辈走过的数十年足迹，严谨地重新阅读历史，广泛地搜集资料，硬是写出这部忧患之作与性情之作。而更使我感到意外的是，彭小莲写得非常冷静，没有一句溢恶与溢美之辞，也没有任何控诉与煽情，只是一页一页地描述着历史和双亲真实的脚印。在作者看来，父辈的道路是他们自己选择的，身上沉重的十字架是他们自己背上的，他们自己应负一部份责任。但是，她又知道，基督从十字架下来之后经历过复活、再生并拥有生命的尊严，但她的父辈得不到尊严，所有的复活之路都被堵死，所有的日子都塞满怀疑、屈辱和悲愤。于是，我们在沉静的文字中又看到真实的血痕、深邃的眼泪、惨白的灰烬、人间的真情。彭老师与朱老师在地下读了女儿这些文字，一定会感到欣慰，笑容一定不会再掺和着苦味。

（彭小莲《他们的岁月》香港版序）

璞　玉
　　——缅怀郑朝宗老师

　　听到郑朝宗老师逝世的消息后，我独自坐在窗前，面对崇深的洛矶山呆呆地想念着，无尽的缅怀不知从何说起。自从1961年听他讲授《西洋文学史》至今，将近四十年里，我的生命之旅就一直连着他的名字。他是一个真正影响过我，真正在我的心坎中投下过思想与知识的人。他写给我那么多书信，可惜大部份都留在沧海的那一边。尽管如此，他的名字还是伴随着我浪迹天涯。无论是飞行在白云深处，还是航行在波罗的海的蓝水中间，我都会突然想起他的名字。在天地宇宙的博大苍茫之中，他的名字和其他几个温馨的名字就是我的故乡。那时想起他是欣慰，此时想起则是悲伤。这么好的一位老师就这样远走了，满腹的心事再也无法向他诉说。

　　在北京时，我收到他的许多信，其中有一封是他最动情的信，这是他告诉我师母去世消息的信。郑老师平时给我的信如同他的文章，总是把热烈的心包裹在冷静的文字里，可是这一回，他却放声哭泣，每一行字都充满着对妻子的思念之情、负疚之情和感激之情。百日后，他又把悼念文章《怀清录——一个平凡人的一生》寄来给我，其痛哭的泪痕犹在。在我的经历中，还没有见过一个人对妻子之死如此悲痛，如此把它看做是大事件。几十年的社会教育使我习惯于生活的革命状态，也习惯于把个人生活放在偏远的角落，而郑老师这封信却给我一次惊醒，一次人性教育：人间亲情如此之真，真情真性如此之美，生命个体的感情怎么可以忽略呢？郑老师是一个唤醒我人性底层美好部份的导师，他的教导不是通过他的言说，而且通过他的眼泪与深情。

郑老师在《怀清录》的哀悼文章中说他和师母乃是姨表兄妹。他们订婚后的第三年准备成婚，却有人散布流言说他有悔婚之意，这话传到师母耳朵里，她异常镇静，只要求见面问个究竟。郑老师说："云消雾散之后，她带着一颗真诚纯朴的心来到我家，以后不管发生什么情况，这颗心始终是坚如磐石的。"这几句话，移用到郑老师身上也是极其恰当的。郑老师说鲁迅是个"仁人"，他自己也正是个"仁人"。他的仁厚之核，就是"忠诚纯朴"，而且这核是坚如磐石的。郑老师到了晚年名声已很大，至少在福建是人们公认的一个大教授、大才子了，但他对妻子依然像初恋时那样忠诚纯朴。他对妻子忠诚纯朴，对朋友学生忠诚纯朴，对事业也忠诚纯朴。他和钱锺书先生的友情，已成为中国文坛的美谈佳话，其中的美，就是"忠诚纯朴"四个字的无限光彩。

郑朝宗老师和钱先生相处的日子大约只有一年半的时间。开始是清华园同一学系的一般同窗，到了1942年他赢得一个机缘，才成为钱先生的朋友。一经交往，郑老师立即进入钱先生的深层世界，并成为钱先生的莫逆知音。这不仅是因为郑老师眼光如炬，知道这位博学的朋友未来前程无量，更是因为郑老师有一颗纯朴之心，使他天然地排除骄傲、嫉妒等人性障碍，很快就发觉面前这位大才子身上有一种品格，即对人"不存势利之见"。"不存势利"，便是高洁的品格。郑老师发现，钱锺书虽然天分高，但好学不倦，不论身处什么环境都手不释卷。勤奋，也是品格。这一年郑老师和钱先生两人真是以心发现心。一年之后郑老师离开上海时，钱先生赠予他的三十行五言古诗："清华曾共学，踪跋竟相左……"就足见他们的友情之深了。这之后，郑老师和钱先生一别十年，中间经历了抗战胜利、解放战争和新中国成立等历史沧桑，直到1953年他们才重新见面，可是到了1957年郑老师则陷入政治劫难，而钱先生也常处忧患之中，可是不管世事如何浮沉，他们的友情始终坚如磐石。什么政治风烟都侵蚀不了他们的情谊。20世纪80年代，知识分子重见天光，郑老师就把三十年积淀下的仰慕之情化作对钱锺书学问的研究。在全国范围内，第一个别开生面地招收《管锥编》硕士研究生。能想到这一点，正是历史的结果，即1932年郑老师进入清华园之后就开始形成的既深邃又纯朴的眼光与友情的结果。招收《管锥编》硕士研究生，不仅是郑老师人生精彩的一笔，也是中国当代教育史上精彩的一笔。在北京时，为此事我多次自豪地对朋友说：我的老师郑朝宗真是出手不凡，一笔开了一代钱锺书研究的风气。郑老师写下这一笔，与友情有关，但绝不仅仅是友情。《管锥编》深邃如海，一个只是在海边徘徊的朋友是不可能认识它的渊深的。郑老师不是海滨虚泛的赞叹者。他走进深海之中，并投下晚年最成熟的生命，实实在在下工夫阅读、钻研，用全部学识去领悟、去开掘。他在给我的信中说：你对《管锥编》一定要"天天读"。我听了郑老师的话，从1982年至1989年几乎天天读。到了海外之后，我写作《人论二十五种》，书中的"肉人"、"忍人"概念和许多例子都得益于《管锥编》。在郑老师启迪之下，我两次读破《管锥编》，这确实使我的学术素养有所长进。我常想，郑老师自己更不知是如何天天读、天天思索它的，否则，他怎能写出《但开风气不为师》、《文学批评的一种方法》、《再论文艺批评的一种方法》、《钱学二题》、《〈围城〉与〈汤姆·琼斯传〉》等《管锥编》研究的开山之作。这些文章数量不多，但它是高水平的"质"，是对《管锥编》精华的提炼。说它是《管锥编》的研究纲要，绝不过分。在《文艺批评的一种方法》第三节中，他列举的《管锥编》八项新义，倘若不是深邃扎实的研究者是绝对说不出来的。这八义包括：（一）学士不如文人；（二）通感；（三）以心理之学释古诗文小说中透露的心理状态；（四）比喻之"二柄"与"多边"；（五）诗文之词虚而非伪；（六）哲学家、文人对语言之不信任；（七）词章中写心行之往而返、远而复。（八）译事之信、当包达、雅。郑老师也许正是受到"学士不如文人"之说的影响，因此他喜写真情深思之文，不喜欢作学士那种卖弄学问姿态的高头讲章，包括各类复制性很强实无多少见地的大部小说史、文学史，而他写的这几篇仅有六、七万字的文论，其价值决不在百万字的高头讲章之下。

20世纪80年代里我和郑老师不断通讯，而督促我读《管锥编》、学习钱先生学品人品是老师信件的主要内容。他几乎每封信都要叮咛我。郑老师还写信给钱先生。说我是他"最可靠的学生"，他用"最可靠"这个词，使我感动不已，至今难忘。后来钱先生对我格外关怀格外信赖（以后我会在纪念钱先生的文章中细说），除了我自身的心灵倾向与心灵状态得到钱先生的挚爱之外，自然与郑老师的竭力推荐有关。郑老师在给我的信中对钱先生一往情深，他对钱先生的评价与描述，每一句都是真挚的冰雪文字。这些年我多次为这些信件的下落而焦虑。人生的挫折与磨难我不怕，可是师长与友人给我的玉石般的书信如果丢失了，却会让我心疼到死。幸运的是，在离开北京的那个清晨，我于忙乱中抓了一把信件恰好有三封是郑老师的。其中有1986年1月6日的一封信，信上说：

你现身荷重任，大展宏才，去年在《读书》第一、二期上发表的文章气魄很大，可见进步之速。但你仍须继续争取钱默存先生的帮助。钱是我生平最崇敬的师友，不仅才学盖世，人品之高亦为以大师自居者所望尘莫及，能得他的赏识与支持实为莫大幸福。他未尝轻许别人，因此有些人认为他尖刻，但他可是伟大的人道主义者。我与他交游数十年，从他身上得到温暖最多。1957年我堕入泥潭，他对我一无怀疑，1960年摘帽后来信并寄诗安慰我者也以他为最早。他其实是最温厚的人。《围城》是愤世嫉俗之作，并不反映作者的性格。你应该紧紧抓住这个巨人，时时向他求教。

这封信中的意思，郑老师叮咛过我几回。他的提示我记在心里。一个品学兼优的文化巨人就在附近，高高的山岳就在身边，我记住了。郑老师对钱先生的崇敬之情感染了我，使我更认真地读钱先生的书。1986年初，我已经担任文学研究所所长一年多了，有许多事我都去请教钱先生。每次到钱先生家里，他和杨先生都非常高兴，除了谈工作，我们总要提起郑老师。郑老师的名字显然是条洁白的纽带，它的洁净与纯朴，使钱先生对我格外信赖，从为我题签散文诗集《洁白的灯心草》开始到破例地出席我主持的三次大会（他从不参加任何会），都不同寻常。郑老师要我好好向钱先生学习，而我从他的教诲中首先学到郑老师的品格：他的朋友之爱这么真，这么纯。说知音难求，是像郑老师这种知音才真的难求，这是一种品格、学识、情感、境界都集于一身的知音，这是时间、空间以及人间一切邪恶无法动摇的磐石般的知音。

郑老师对妻子、友人、学术的真诚纯朴使我感动，而对于我——一个学生的真诚纯朴，更是让我感激。我在下笔写这篇悼念文字的时候，情感是双重的，一重是伤感，另

与钱锺书先生在一起（1986年）

一重则是自豪感。郑老师的去世带给我的忧伤不知道要多久才能抹掉？如果有一天，我回到母校厦门大学的海滨，在沙滩上悄悄落泪，那一定是我想念着那些爱我但不在人世的老师，其中首先是郑老师。除了伤感，我便觉得自己有幸成为郑老师的学生，一个有许多弱点和缺陷但却得到他的厚爱的学生。1988年，他已到古稀之年，而且身体很弱，但是他还是要借"文代会"机会到北京。他说他不是想来开会，而是想"到北京看一老一少"。老的自然是钱先生，他在给我的信中说："钱先生也在想念我，多年朋友至少得再见一次。"少的就是我。到了北京，一进我家，第一句话说的就是要见一老一少。看到老师稀疏的白发，看到他挤在我书房（兼卧室）的小角落里说着这句话，我马上转过身去偷偷抹掉眼泪。妻子见我伤情，就连说郑老师精神很好。和他一起到我家的有陈永春（泉州市长）、刘登翰和中新社的林华、王永志等好友。那天晚上，我特别高兴，很想对郑老师说你要多多保重身体，可是说不出，反而是他老人家一再劝我：人到中年，工作又多，可千万要注意身体，不可太劳累。过了两天，我们又见了一次面。这一次我们单独交谈，他对我说了许多"私话"和"知心话"。每一句都真的是"语重心长"。他说的话很多，留给我印象最深的是要懂得"壕堑战"。他说：你生性率真，敢于直言，不留余地，这是好的。但屡屡赤膊上阵，一旦中箭倒下，反倒可惜。这一意思倘若是别人劝我，我可能要辩白几句，可能要说"我不赤膊谁赤膊！"但由郑老师相劝，我便觉得他从情感最深处关怀我，而且有道理。我的确锋芒太露，说话总想说个痛快、彻底，完全没有设防，这一方面是失去自我保护能力，另一方面也没想到别人能不能受得了。到海外之后，我身处异国校园，心境平静，想起郑老师，更觉得他的话是对我的至仁至爱，格外宝贵。说到这里，有人也许会以为郑老师在劝解学生明哲保身。不是的。郑老师对我的仗义执言，敢于批评社会黑暗是衷心支持的，他的信件常常给我力量。就在这次见面之后，他返回福建立即给我写信说：

近在《人民日报》上见君一文，其中颇多创见，敢言别人之所未言，此种胆识至堪钦佩，想钱先生必与鄙意相同。目前国内为人门户之见仍极牢固，前途当仍有连续恶战，为维护真理，死生以之，此亦我国传统美德之一，宜加继承。所宜注意者，即勿让两面二心小人乘机撩拨，从中取利，是高明人，自知保卫，毋庸愚之喋喋多言矣。

郑老师劝我注意"壕堑战"，并非让我回避真理，而是教我如何更好地"为维护真理"去作"死生以之"的奋斗。

郑老师对我的关怀与厚爱从学生时代就开始了。读大学三年级，他开始讲授《西洋文学史》。尚未听课，我就听到其他老师介绍说，郑老师有学问，但他是个摘帽右派分子，只能接受知识，不要私下交往。我当时是个乖孩子，绝对听党的话，也就不敢私下拜访。这一点使我离开厦大之后几十年一直悔恨不已。年纪轻轻为什么就这样胆小、听话，坐失求教的大好时机？太没有出息了。今天我更是把这一点视为青年时代的一个错误。幸而在课堂里，我总是洗耳恭听郑老师的课，常常听得入迷，课后又绝对按照他的指教阅读所规定全部必读的书目，从《伊利亚特》、《奥德赛》到《神曲》、《浮士德》、《唐璜》等等。下课时间我总是要到讲台前问他各种问题。有一回我问到"托尔斯泰批评莎士比亚有没有道理？"他愣了一下，认真地看了我一眼，那目光的温馨和喜悦，永远使我难忘。

郑老师对学生极为严格，必读的书非读不可，他的考试也极严格而别开生面，让我印象最深的是他会出一系列的填空题，例如《俄底浦斯王》的作者、《复活》的男主角，都属于填空对象，倘若没有认真阅读就混不过去。期末考试时他出了更多难题，结果得五分的同学极少。我因得益于高中时就读了许多西方作品，加上特别喜欢郑老师的课，就学得特别开心，成绩优异。期末考试时，我分析哈姆雷特形象，把背诵的段落加以引证，使得郑老师非常满意。他甚至激动得情不自禁地在我的考卷背后题了诗。此事是考试之后许怀中老师告诉我的，他说，这次你的《西洋文学史》考得特别好，郑老师高兴得题起诗来。然而，因为郑老师是个"右派分子"，不可接触，我竟然无法到郑老师家去问及此事。这件事一直鼓舞着我，到北京时，我把郑老师的《西洋文学史》讲义装进箱子，在大北方的灯火下，我一次又一次翻阅。一捧起讲义，我就想起郑老师题诗的事。这不是为自己受到欣赏而自美，而是我从中看到一种人的光明与文化的火炬：一个老师可以为一个学生的好成绩如此真挚地兴奋，如此热血翻腾而难以自禁，这是何等伟大的教育者，何等伟大的教师性情啊！

亡灵的金唱片

　　去年11月12日，在北京一家美国公司工作的大女婿黄刚（马思聪的外孙、剑梅的丈夫）打电话告诉我，说他昨天代表马思聪到人大会堂领取了中国金唱片奖，说这是文化部支持的、由中国音像业协会和一些中央媒体联合主办的大奖活动。得奖的活人有马友友、谭盾、刘德华、宋祖英、刘欢、刘诗昆等，得奖的逝世者则有他的外公马思聪和雷振邦、小白玉霜。奖项各有命名，马思聪得的是艺术贡献奖。死人也获奖，真是新鲜事。女婿不管死生今昔，只管高兴。他的爸爸（黄康健）妈妈（马碧雪）头上笼罩着马思聪罪名的阴影几十年，现在都已去世，前年他的阿姨马瑞雪也去世了。他作为马家的第三代，不必再活在阴影之中，反而可以活在外祖父复活的光环中，心情当然与父辈大不相同。我跟着女婿女儿高兴。新一代不必背负祖辈沉重的鬼魂，不必无端地被牵进那些本就荒谬的冤情噩梦中，真是幸运。刚才我在陪着小外孙玩沙玩水时还想到，将来他要是也听祖老爷的金唱片，更不知往昔的故事，陪伴着歌声与天真听者的只有明丽的阳光了。苦难的历史要是真的就这样在阳光中永远终结，这有多好啊。

恰巧，就在得到这一金色消息之前的一个月，我同返美探亲的女婿（还有我的妻子菲亚及女儿）一起到陵园去给他爸爸妈妈扫墓献花，这才发现，和他们长眠在一起的还有马思聪的侄子，去世不久的马宇中。看到碑石上写着他的名字，我心里一阵感伤与哀痛，久久难以言语。女婿知道三四年前我还见过他，才五十多岁。他本来也是一个小提琴手，但是，文化大革命中受马思聪的牵连，在关押时手被钢丝绳扣住然后吊在梁上打，身体被打伤，手指也被折断了好几根而残废了。度过被酷刑的日子和发配到昆仑山的劳改岁月，他还是放不下音乐。到美国后，手不行了，就开一个小小的小提琴行，辛苦经营了几年，最后还是被劳累所击倒。他只是被马思聪牵连的一家族人中的一个。其他惨烈故事（包括马宇中的两个弟弟）我真不愿意再细说了。在伤感中，我不愿意多想过去，只是在想，音乐，动听的音乐，它既美妙，但又是多么残酷！如同其他艺术、文学、科学，也是很残酷。为了它，多少人的心血被吸干，多少人为它遭受肉体的苦刑与精神的苦刑。无论是老舍、傅雷、严凤英还是马思聪、马宇中，他们都为艺术付出了生命的代价。他们都是人类精神事业的殉道者。没有殉道者，哪有金歌曲金唱片？

无论如何，金唱片奖授予殉道者，这是好事。这说明，主办人是有灵魂的。歌声没有生死之界，亡灵的金旋律是永恒的。当马思聪在唱片里低吟他的《思乡曲》时，一定知道，祖国毕竟有他最多的知音，有灵魂的父老兄弟毕竟是故国的主体和多数。也难怪他在海外时几度痛哭，思念故土之情揪心地折磨着他。我一直忘不了王慕理伯母（马思聪夫人）告诉我的那个细节，有一次马思聪竟请求妻子不要劝阻他哭，要求让他哭个痛快。《思乡曲》的作者太思念他的家乡与知音了！现在广东已建立马思聪纪念馆，亡灵的歌曲又进入亿万同胞的心灵。九泉之下，身心受尽创伤的歌者应当会感到欣慰。历史的不合理性只是暂时的，而从长远上说，它应是合理而且是合情义的。

也许因为想到这些，所以我对女婿说，你代表外祖父的亡灵走上大会堂没有错，我们的眼睛应当投向前方。我所作的许多反省是必要的，但回顾也是为了前方。但愿我们祖国的父老兄弟，在穿越许多苦痛之后，也能多多把眼光投向前方。眼睛一旦放远，真觉得人间并不缺少快乐与光明。

2004年的新年伊始，我以此愿望告慰地下伟大的歌魂，也以此愿望祝福四海之内的中华同胞兄弟。

告慰老师

亲爱的老师、同学们：

今天我特别高兴，能够和母校母系的老师同学重逢，这是我的幸福与光荣。四十八年前，我从这里出发，先是走向北方，然后又走向西方。浪迹四方，只为了求索真理，东寻西找，最后找到的还是情感的真理。这一真理指明：情感是人生最后的真实。因为情感的力量，我才能回到这个生命的原点；因为情感的理由，我才飞越重洋，再次踏上故乡的土地。

丹娅、晓红发信到美国，让我代表系友讲话，但我首先应当要说明的是我无法代表任何人讲话。我只代表我自己，只发表个人的声音。二十一年前，我走出国门的那一刻，就给自己作了界定：从此之后，我不再有任何归属，我只是一个独立不移的文学中人。我出身于中文系，永远是中文母系社会"写作者部落"的一员。我给自己立下的座右铭是"山顶独立，海底自行"八个字。从那一刻之后，我不再作国家代言人，也不作大众代言人，当然，也不作同学朋友的代言人，尽管我从情感深处热爱自己的国家，热爱工农大众，热爱自己的同学与朋友。

我今天想讲的话很多，可以说是心事浩茫，满腹话语。但是，我不能占用太多系庆宝贵的时间。我只想用这一难得的瞬间，向已故的老师和健在的老师问候与致敬，并说一些久存于心中的感激的话。我要感谢在我就读厦大期间中文系所有的老师，包括年迈的老师与当年还年轻的老师，我要感谢像父亲、像母亲、像兄长像大姐一样关怀我、培育我、教导我的所有老师。四十八年来，我多次回忆厦大的生活，觉得四年的大学生活，老师们在我身上注入的是积极的、高尚的思想情感，是向真、向善、向美的心灵大方向。今天，我可以告慰老师的是，我虽然赤手空拳回来，但我带着母校给我的那一颗简单的、质朴的、对知识充满渴求、对人类充满信赖的心灵回来。人是会变的，但我没有变，我的心灵依然是厦门大学老师塑造的那颗既开窍又混沌的心灵。

回望我的人生之旅，我觉得是国光中学给了我文学的兴趣，而厦门大学中文系则给了我文学的信仰。我常铭记彭柏山老师对我说的话："你选择了文学，就像当年我选择了战争。那是信仰，为了信仰，什么都可以牺牲！"出国之后，我阅读沈从文的作品，读到他在给年轻读者的一封信中说：对于文学，光有兴趣是不行的，还必须有信仰。彭老师和沈从文先生的话启迪了我：为了文学，什么都可以不要，权力、财富、功名、荣华富贵，一切都可以抛却。厦门大学中文系老师给我的综合教育，总效果是让我确立了对于文学的信仰，也就是对于心灵的信仰。走出校门之后，我的方向已经认定。我明白，文学是美妙的，但文学又是残酷的，它会把一个人的生命全部吸干。但因为有信仰，我认定了，我愿意让文学吸干最后一滴心血，像蚕那样抽出最后一缕丝，"春蚕到死丝方尽"，有了信仰之后，我才了解李商隐这一诗句的全部意义。

在此有限的片刻，我特别缅怀教育过我、关怀过我但已经离开人世的郑朝宗老师、彭柏山老师、陈敦仁老师、陈朝璧老师、周祖譔老师、林莺老师、陈汝惠老师、黄典诚老师、洪笃仁老师、应锦囊老师、樊挺岳老师、孙腾芳老师、何建华老师、蔡师圣老师、庄明宣老师、戴锡璋老师、蔡景康老师、陈钊淦老师、叶易老师、阙丰龄老师、许宗国老师、陈亚川老师、王礼门老师、陈述中老师。还有张玉麟老师，他是副校长，但又是我的心灵导师。让我向他们深深鞠躬敬礼。不管走到哪里，我都觉得他们亡灵的眼睛一直看着我，他们每一个人的名字对于我都是永远的明灯。此时此刻，我特别要再次提起彭柏山老师与曾是系主任的林莺老师，彭老师是我的写作实习课老师，他曾对我的作文作过密密麻麻的眉批；林莺老师是我的古代文论老师，他在临终前到北京看过我，他那"离运动远点，离文学近点"的教导，我至今铭记在心。我之所以要特别提起他们两人的名字，是因为他们用生命给了我两次教育：第一次是知识教育，第二次是死亡教育。他们的死亡，形成了我内心的大事件，他们的死亡消息曾在我的心灵深处引起过爆炸，并改变了我的灵魂内容和灵魂形式。他们死了，而我还活着，在他们的亡灵面前，我还有什么理由计较得失、成败、荣辱、功过？他们的死亡过程净化了我的灵魂，让我记住，唯一可对得起他们的是，从今之后，我只能讲真话，只能面对历史与面对真理，无论走到哪个天涯海角，我都只能捧着这两位老师给我的良心。十年前，彭老师的小女儿彭小莲在香港出版书写父母亲故事的《他们的岁月》一书，请我作序，我在序言中说：彭柏山这个名字，是我的生命与我的历史的一部分。这个名字和这个名字所负载的革命、战争、死亡、苦难、眼泪、情谊、智慧、良心等等，深刻地影响了我的思想和道路。又说：世上有一种生命是不会被任何艰难凶险的命运所击倒的，他们在命运的打击下，显示着坚贞，显示着正直，

在厦门与老乡、同学

显示着人的不屈不挠与大情大义。这种生命，没有荣华富
贵，但高洁，清白，丰实，伟大。

　　除了感激之外，最后我想告诉在座的老师和正在听我
讲话的校友。我想说：请你们放心，我现在一切都很好。刚
到异国他乡时，面临着另一种制度与另一种规范，心理确
实发生过倾斜与危机，但战胜了危机之后，我便进入深邃的
精神生活，处于阅读与写作的面壁状态与沉浸状态。二十年
来，我赢得三样东西，这就是"自由时间"、"自由表述"
与"完整人格"。如今，我已从"害怕孤独"变成"享受孤
独"，整个写作状态，不是走向概念，而是走向生命；不是

走向"学问的姿态",而是走向"人生的深处"。我还想告慰老师与同学,在当今俗气潮流覆盖一切的时代里,我没有成为潮流中人与风气中人。我走过了三十多个国家,看到地球正在向物质倾斜,全人类正在集体变质,人这种高贵的生物正在变成金钱动物。不同人种正在崇奉同一种伪宗教,这就是"金钱拜物教"。人间果真像巴尔扎克所预言的那样,世界正在变成一部金钱开动的机器。人类的精神境界从来没有这样低过。我要告慰母校的是,在这种大风气中,我的神经没有被权力、财富、功名所抓住,身上仍然跳动着曾在厦门大学中文系这一摇篮里修炼过的非功利、非市场、非媚俗的血脉。

谢谢老师与同学们!

(此文是2011年4月6日在纪念母校厦门大学诞辰九十周年中文系系庆上的讲话)

岁月几缕丝

第二辑

乞力马扎罗山的豹子

　　海明威在小说《乞力马扎罗山的雪》本文之前写了个楔子，楔子里叩问了一个攀登雪峰的生命究竟为了什么。他写道："乞力马扎罗是一个一万七百一十呎的雪山。据说是非洲最高的山。它的西峰叫做'神之屋'。离西峰不远有一个干瘪而冻僵的豹子尸首。没人知道这豹子在那高处究竟寻找什么。"

　　这确实是一个生命之谜。自从我远涉重洋来到异邦的土地之后，常想起这只豹子。这只豹子当然不平常。它一定是大自然的骄子，拥有强大的生命。它不像人类那么优越，在攀登险峰时可以携带水、粮食、枪支、眼镜和器具。它什么也没有，只有孤身独胆。它绕过多少悬崖峭壁，迎接过多少狂风暴雪，我们无从猜想。令人惊讶的是它终于走上人迹罕到的西部峰顶，然后永久地躺卧在白雪中。它没有死在路上，即使死于中途，也是可敬的。然而，它只是一只豹子，没有另一种生物或同类中另一生命会收埋它和讴歌它。它走得太高远，注定是寂寞的。能出现在一个伟大作家的笔下，完全是偶然的。

它到底想寻找什么？因为我写过《寻找的悲歌》，对于它究竟寻找什么特别感兴趣。好多年了，心思一直抓住这只豹子的灵魂，或者说，是豹子的灵魂一直抓住我的心思。我相信这只拥抱雪峰的豹子必定有一种人间智力还察觉不到的灵魂。它是在寻找食物吗？功利的眼睛大约会这样看。它是寻求丢失的同伴与兄弟吗？如果是，它是一种多么有情的生命！但是，在山顶上怎么会有像它一样勇敢的生命也走得那么远，值得它如此献身如此寻找呢？那么它是在寻觅无上的光荣与无上的地位吗？它也像人类那样知道占据顶峰是一种荣誉并且由此可以让万千同类抬头仰望和俯首膜拜吗？豹子恐怕没有人类那么复杂，它的强大生命一定是单纯的。

我想了足有十年之久。直到最近，我到处远行，跋涉落基山，穿越大峡谷，一次一次抚摸大西洋的洪波和高天的白云，才想到这只豹子也许和我一样，虽然唱着寻的悲歌，其实并不寻找什么。光荣、光彩、光辉，高峰、险峰、奇峰，红霞万朵，风光无限，没有一样是我着意寻找的。无论是浪迹天涯，还是放歌海角，我只是想走一走。走就可以拓展自己的眼界和扩大自己的生命，仅此而已。每次眼界扩大时，就会从心的深处感到由衷的大喜悦。在扩展的瞬间，我感到生命在变，在丰富，在朝着美的境地飞升，并隐约地感到新的美的颗粒在自己的心灵中滴落，仿佛还发出清脆的响声。多积淀一点美，就离肮脏的泥泞远一点。少受丑的牵制，心内就多些自由。我一再说，幸福就是对自由的体验。

前三年，就在漂泊的路上，一位北京的好友告诉我，说他刚刚见到冰心老人。老人把我的《漂流手记》每一篇都读了。见面时，冰心念了林则徐的诗句："海到无边天作岸，山登绝顶我为峰。"朋友对我说，这也许正是对你的激励。我立即否认，因为我没有占顶为峰的雄心，而冰心老人也不会这样期待我。她对我很了解，在她八十九岁高龄而进北京医院时，她还为我的散文作序并表达了她对我的理解。她说，你的散文可以用你自己的一句话来概述："我爱，所以我沉思。"我感激老人这样了解我。

真的，我生命的一切现象都源于爱：我的沉思，我的写作，我的歌哭，我的欢吟，我的告别，我的漂流，全都源于爱，源于我酷爱阳光下美的生命，酷爱洋溢着歌声与故事的土地、山峦、河流和白雪。

乞力马扎罗山上的豹子，一定也是酷爱这一切，一定也是酷爱雄奇的山峦与闪着银辉的白雪。

小城守望者

　　我居住的小城叫做Boulder。英文Boulder就是大石头的意思，因此，可以说我就居住在石头城中。我的一部分《漂流手记》，也可称为《石头记》。

　　石头城位于落基山东麓。落基山的英文名字叫做Rocky Mountain。Rock也是石头的意思，可见，我这个地方与石头特别有缘。这几年，我常带着来访的朋友参观城内的科罗拉多大学，他们个个都对校园之美激赏不已。除了赞美花香、草色、树色之外，更是赞美学校背景中的巅崖奇峰和园中建筑的天然石色。这些建筑都是红砂岩砌成的。此种岩石不像红砖那样精致玲珑，但显得粗犷、自然、厚实，与知识重镇十分相宜。我特别喜欢阳光照射的时候，此时每一块红砂岩都像浮雕在火里微烧。天高日晶，草佳石明，不能不说是一幅好图画。

　　石头城是个大学城。全城居民不到十万人，而科罗拉多大学的师生就有三万五千人。大学是整个城市的轴心，城里的各种行业都围绕着这个轴心运转。校园里的大体育场，几乎可以把全城居民容下，每年独立节，总有五六万人来这里观赏怒放的焰火。Boulder把大学作为自己的心脏，生命脉搏紧紧连着校园，是典型的一座"大学城"。生活在这一城市里的人，如果没有文化，自然会感到羞愧。所以它是美国博士、硕士比率最高的地区。

我从1992年来到Boulder之后，就特别留恋这个地方。大自然与大文化如此和谐相处，现实世界中的天人合一，实在是难寻的境界。难怪今年5月金庸来到这里时要情不自禁地给报纸题词说："世外桃源而充满文化，世上更无第二处矣。"

在这里居住多年之后，才知道Boulder的居民特别保守。这里每一年都有一次居民投票，表决一下要不要发展城市，

与金庸合照（1996年）

可是每一年投票的结果，多数居民总是说"不"。这个城市无论是住宅区还是商业区都没有高楼，原因是居民们反对兴建高楼——高楼会挡住他们观赏落基山的视线。窗口景观，山光水色，对于他们来说具有极高的价值。

说起石头城居民，我就想起塞林格的《麦田守望者》。这部小说的小主人公霍尔顿对光怪陆离和异常冷漠的现代社会感到绝望，在无可逃遁之中，他幸运地找到一块未被污染的清新的麦田，并在那里守望着一群天真无邪的孩子。而Boulder的居民，也是麦田守望者。他们把小城视为麦田，把自己当做小城守望者，在人欲横流中守住日常生活中所需要的恬静、平和以及人际温暖。他们不能让商业潮流卷走家园的古典韵味。科罗拉多高原上这些美国人非常聪明，他们早已悟到：现代化不等于纽约化和洛杉矶化，不等于就是遮蔽天空的高楼大厦。发展是为了人，而不是人为了发展。因此，他们在小城里既吸收了全部现代化成果，又保留了非现代的千百万年历史积淀下来的"古典"成果，这就是大自然葱茏的诗意和人性温馨的诗意。难道现代化一定要带来喧嚣、浮躁、奢侈和神经质？难道全球化就意味着一定要对大自然疏远吗？石头城的居民回答说：不！我受他们的影响，在去年居民的投票中也写下"no"！愿意和他们一起，做一名小城守望者。

脚踩千秋雪

　　科罗拉多高原是美国著名的滑雪圣地。每到冬天，世界各地的滑雪英豪就纷纷来到这里大试身手，前些年，世界冬季奥运会曾要求在这里举办，没想到竟遭到科罗拉多州公民们的反对。这里的传统居民富裕而保守，生怕太多强健的双脚会踩坏自己心爱的土地。他们把家园天然的美貌视为生命，看得比名声和金钱重要。

　　前年夏天，我弟弟一家从香港来到我居住的Boulder城做客。一见面我就对他们说：你们来到真正的"避暑山庄"。落基山里一个又一个躲藏的小镇，像古老的城堡，暑气根本无法进入。第二天，我就陪他们到著名的滑雪点Vail，这个山中城阁，酷似童话世界。四周是城墙似的山峦，城中是盛开的鲜花和雕塑般的古雅屋宇，空气清新得让人醉倒。我们站立在小桥上，看到清溪潺潺流过，溪水洁净透明得让人惊奇，我知道这是从山顶流下的雪水，未曾被人间染污过的雪水。

　　沿着清溪，我带弟弟一家到山间去看雪景。盛夏中的白雪在阳光下闪着银辉，使山谷内外显得更加明亮，从燥热的香港来到这里的客人，看到眼前一片雪原，惊喜得叫唤起来。我作为向导解释说：这就是我国古诗人所说的千秋雪，终年不化，千秋不化。我说话时，两个被夏雪所激动的侄子已经跑到雪地上奔逐打滚，和早已在那里踏雪的游客们闹成一团。我也禁不住好奇，带着弟弟去踩雪，这才注意到脚下悦耳的雪声，一声声分外清脆。此时，我想起范成大"好风碎竹声如雪"的诗句，更觉得这千秋雪声与千秋雪色一样十分神奇。正想着，弟弟说，奇怪，昨天我还感冒着，一身疲倦，今天全好了。我笑着说，可不是，这千秋雪本来就能治

全家福

病，这叫做美的疗治和意义的疗治。

我说的是实话。香港人真是太紧张太累，没日没夜地想钱挣钱，所有的感觉都被金钱紧紧抓住。时间一久，其他感觉就麻木退化了，以致遗忘了美，遗忘了意义，遗忘了金钱之外那些价值无量的生命欢乐与生命最后的实在。疗治这种遗忘症，最好的药物，不就是这些"不用一钱买"的山川草叶、阳光白雪吗？

那一天，我弟弟一家很高兴，他们显然被千秋雪唤醒了许多美的感觉，还在沉睡中或正在悄悄消逝中的感觉。看到两个侄儿涨得通红的布满喜悦的脸额，看到银装素裹的起伏的山峦，我突然产生一种年轻感，并觉得应当记下这踩雪的瞬间。这一天的确特别，那是冬日风光，夏日岁月，春日心情。

又是圆月挂中天

一年一度的中秋节又到了。今年见到的明月，高挂于科罗拉多高原湛蓝的中天，显得格外清、格外圆。皎白的银光，浑圆的大图画，让人一看就心驰神往。也许见到的是大圆满，反而想起人生的缺陷，想起那些早已去世的未能共此月色的亲人。

有些已经别离人世的朋友和师长，他们生前就有名声，我也写过缅怀他们的文字了，想起他们，心里坦然些，而想起一些至亲的亲人，心里却是一片空缺。她们都是无名氏，我只知道她们的名字叫做"奶奶"、"外婆"、"伯母"、"婶婶"。长大成人之后，我仍然不喜欢问清楚她们的名字，只愿意她们的名字永远和"我"连在一起。我奶奶，我外婆，我伯母，我婶婶，她们天然地属于我，人间的温馨有一大半就凝聚在这些与我相关的无名的名字中。

人生之初，这些名字就是我的阳光、月光与星光。她们的熠熠光华使我处于贫穷中仍感到生活非常美好。我的童

刘林老家

年像只小动物，完全是依靠在她们身边取暖才长大的。她们生活在封闭的、偏僻的乡村，没有太多交往，也不懂什么是国家之爱与人类之爱，因此，她们就天然地把全部情感集中在自己的子弟身上，也集中在我身上。她们不知道我将来有一天会用方块字写文章纪念她们，只知道我很呆，但她们爱我，在我的腮边留下她们数不清的亲吻。走过几十年的道路之后，回头看看过去，才清楚地看到我的第一群爱神就是母亲和奶奶、外婆、伯母、婶婶。至今使我眷恋不已的孩提王国就是她们建造的。我的母亲还健在，但愿明年她能来到落基山下与我及心爱的孙女共此月光。而祖母、外婆们却永远消失了，不知另一世界是否也有蓝空皓月。

在这铺满月光的阳台上，我格外想念永远消失了的亲人，并深深后悔一件事，那就是我身边没有留下奶奶外婆们的任何一件遗物。奶奶带过的斗篷和眼镜，外婆用过的呢绒帽子和方格毛毯，还有伯母和婶婶的小镜框，要是有一件在我身边该有多好。哪怕是奶奶外婆用过的万金油小玻璃瓶子也好，此时它就是人间珍奇，捧在手上，它就会像圆月一样放射神奇的光彩。最使我伤感的是连她们的一张照片都没有。世上最慈祥最温馨的脸庞，紧紧地贴着我的整个童年的太阳般的脸庞，我却没有留下她们的影像。如果此时此刻，有人送来一张她们的照片，我一定会用颤抖的双手和感激的热泪去迎接它，迎接我的已经逝去而又复活的故乡。

我真的被充耳的豪壮的口号弄糊涂了，竟然忘记去索求一件遗物和一张照片。不知道中了什么邪，我竟然会觉得这是小事，以为只有人造的一些奖状奖牌和名位证书才宝贵，以为在四壁上挂些面具似的纸张比挂着祖母外婆的照片更为重要。荒谬！其实，许多邪恶正是来自这些贴着金字的奖品之中，而人世间的善良与真诚恰恰来自无名氏亲者之中，唯有她们的大慈大爱，才配得上与这高洁的圆月共同悬挂于空中，让我和我的孩子作永远的思念。

初见温哥华

一

从纽约到温哥华，印象非常不同。纽约给我的感觉是庞大与严峻，而温哥华给我的印象则是温暖与亲切。

纽约到处是高墙绝壁，从地上仰望天空，便发现天空只是一条裂缝。蓝天和彩云全被割切成碎片。我是农家子，从小就拥有辽阔无垠的天空，不大习惯这种裂缝与碎片。纽约是繁华的，但是，它离大自然太远。在时代广场的霓虹灯下，我暗自呆想，要是有一个城市既繁华而又离大自然很近，这个城市该是多么可爱。

仅仅一个月，我就到了温哥华。这里正是一个繁华而离大自然很近的城市。在我远游的岁月中，每漂流一站，总要向关怀自己的异地朋友报报平安。在几十封短笺中，首先报告的都是："温哥华真是个好地方。有山有海，还有挂满大地的枫叶，天空是完整的，地上是洁净的，到处都有草香和海香，从白石城的海桥上俯瞰，还可以看到浅海里游弋的螃蟹。"

　　我无意贬低纽约。然而，在纽约生活的确不容易。要在那里生存下去，必须做一个善于攀登高墙绝壁而不怕被摩天大楼所异化的人。年轻或年富力强的创业者都想在纽约感受竞争的风天雨天，一赌神秘莫测的命运。他们相信，能在纽约站得住，就能在全世界的其他地方站得住。于是，他们奋斗，如天地征鸿，充满生命的激情与抱负。我的大女儿剑梅和她的男朋友就在那里奋斗。每当他们从热腾腾的地铁里钻出来就诅咒纽约，但是，他们又留恋纽约，觉得自己的生命力可以在这个大都市里得到证明，潜藏于身内的血性可以在无数机会面前碰撞出火焰。他们天天感到筋疲力尽，又天天感受到筋疲力尽后的满足和生命活力的自我发现。我羡慕他们，又同情他们。

　　而我是一个绝对不适宜在纽约生活的人。我知道纽约有巨大的音乐厅和无数的大戏院，但我踏不进去，因为，通向大戏院的道路也是高墙绝壁。我害怕这种比悬崖还要陡峭的墙壁，害怕裂缝般的天空。也许因为带着纽约的印象来到温哥华，因此，立即就感到温哥华的轻松、亲近和广阔。一到这里，就觉时间的长河流经这里的时候，显得缓缓从容，潺潺有序，从纽约带来的紧张感，顿时松弛下来。这一两个月的经历，竟像跨过喧嚣的急流险滩然后进入了安静的港湾。

二

这几年我东西奔走，经历了更换生命的远游岁月，在时间与空间的洗礼中放下了许多浪漫的期待和欲望。有力量放下欲望，是值得欣慰的。此时此刻，我别无所求，只求心的安宁，能够从容地想想过去，想想自己走过的路。我有许多文字要写，要拷问时代也要拷问自己，兼有法官与罪人的忙碌，并不偷懒。

然而，我已毋须紧张，毋须在心中再紧绷一根防范他人的弓弦。在以往的岁月里，我曾着意地追求过，也苦心孤诣地攀登过高墙绝壁，总忘不了那个高高的若有若无的"险峰"，孜孜于毁誉荣辱，汲汲于成功与失败，伟大与平凡的世俗判断。倘若自己的文字引起"轰动效应"，心里竟然美滋滋的，以为桂冠和掌声真有什么价值。而今天，这种人生趣味已经过去，此时，我只想把幸存的生命放到实在处，以生的全部真诚去感受人间那些被浓雾遮住的阳光，时时亲吻大自然和大宇宙的无尽之美与无穷的精英，把身外之物抛得远远。我相信，拥抱山岳拥抱沧海拥抱星空比拥抱名声地位重要得多。

这几年，我像负笈的行者到处漂流，登览另一世间的兴亡悲笑，眼界逐渐放宽，不再把一国一乡一里当做自己的归宿，而把遥远的另一未知的彼岸作为真正的故乡。有人说：你走得太远了。不错，过去的自己真的离我很远。我已拒绝了一切自我标榜的伪爱和一切外在的诱惑，而重新领悟真正的爱义。我这些年喜欢写些散文，就是因为我的心思已脱樊笼，所有的文字都出自天性的情思和再生的爱义。我觉得必须把自己炼狱后的灰烬、沧桑后的感悟写出来给今人与后人看。我在冥冥之中感到有一种力量指示我这样做，我不应该拒绝。

我相信温哥华能够给我自由地游思和领悟，相信这里的无数枫叶能帮助我抹掉心中最后的阴影，为我沉淀血气中最后的浮躁。

三

我真喜欢加拿大秋天的枫叶。把枫叶作为自己的旗帜真是天真而精彩的构思。我相信加拿大国旗的设计者一定如痴如醉地爱过枫叶，一定倾心于这个国度如梦如画的山峦与原野。我漂流到温哥华，一大半是为枫叶而来的。我相信一个以枫叶为旗帜的国家一定很少火药味。我早已从内心深处厌倦人间的战火硝烟，并已拒绝任何暴力的游戏。

当20世纪60年代北京处于文化大革命硝烟弥漫的年月，

我和一位好友曾悄悄地骑着自行车到百里之外的香山去观赏秋光，并采集了几片枫叶夹在笔记本里。而这位朋友正处在热恋之中，他还把枫叶作为珍贵的赠品送给当时的恋人，把情感交付给赤诚的红叶。很奇怪，在阶级斗争那么严峻的岁月里，我和朋友的心灵被残酷的理念浸泡得那么久，但仍然充满着对枫叶的渴念，可见枫叶所暗示和负载的情思与人类的天性紧紧相连，而天性深处那一点美好的东西又是那么难以消灭。

今天，我真的来到枫叶国了。眼前到处是枫树林。上一个星期天林达光教授和他的夫人陈恕大姐带我们一家到Queen Elizabeth公园观赏秋色，我一见到满园的枫叶，就恍如走进了梦境。每一片叶子都那么纯，那么干净，红的红得那么透，黄的也黄得那么透。园谷中的一棵挂满红叶的枫树，竟像挂满红荔枝，阳光一照，闪闪烁烁，又像童话世界中的红宝石。我不仅喜欢这里的枫叶，而且还喜欢被枫叶过滤过的空气，这是绝对没有硝烟味的空气。我的思考需要这种空气。

我知道枫叶国不是理想国，并不完美。它不是地狱，但也绝不就是天堂，它是一个实实在在的人的社会：有美境，也有困境；有豪华，也有豪华包裹着的冰冷与腐恶。但我知道它是一个宽容的社会，它的文化正像枫叶上所暗示的那样，乃是多角多脉络的文化，它不会把来自异国的知识者当作"外人"和"异端"。我在枫叶下的思索绝对没有人来干预和侵犯，我有躲进小楼成一统的自由，还有一张平静的书桌。我可以说自己应该说的话，拒绝不情愿说的话，让心灵像枫叶似地保持着大自然赐予的一片天籁。

四

温哥华使我感到亲切，除了飘着清香的枫叶之外，还有在岁月的风尘中依然保持着正直与真诚的朋友。温城有这么多中国的朋友，真使我高兴。小女儿曾问我：世界的眼睛是什么颜色的？我愣了一下说：我不知道世界眼睛的颜色，但我知道世界的眼睛是势利的。尽管世界是势利的，但总有一些超势利的保持着真纯眼睛的朋友。没想到，在温哥华，这样的朋友很多。无论他们是在大学的研究室还是在个人的写作间，无论他们是身居闹市还是隐居山林。前些天加华作协的卢因先生、叶嘉莹教授和其他朋友们欢迎我，让我说几句话，我就讲了一个四年前的小故事。在芝加哥中国城的一次晚餐上，最后抽到的纸签上写着："你将被一群真诚的朋友包围着。"果然应验，这些年我从美国到瑞典到加拿大都是如此。真诚的朋友给我很多生活上的关注，知识上的启迪，精神上的慰藉。对于这一切，我报以的只是什么也没有的沉默，"心存感激"是没有声音的。

然而，我今天想打破沉默，告诉这些朋友说，你们给我一种连你们也未必知道的东西，这就是信念，对于生活的信念，人类的信念。如果不是友情在我心中注入力量，我也许会在历史的沧桑中失去对生活的兴趣，让精神像燃尽的火把一样熄灭。

纯粹的呆坐

好几个星期天，我和小女儿静静地坐在斯德哥尔摩市中心的音乐厅门口，就坐在台阶上。纯粹呆坐着，没有一句话，只是呆呆地看着眼前的人群，看着他们在台阶下的小广场买鲜花、买葡萄、买桔子、买蔬菜。

几位来自国内的朋友，我带他们逛街后也带他们到这里歇脚，也坐在这台阶上，也呆呆地看着走动的人群，看着他们买鲜花、买葡萄、买桔子、买蔬菜。

这些朋友和我一样喜欢这些干净的台阶，喜欢在这里纯粹呆坐着与呆想着。没有说话，只是张开眼睛看着陌生的、走动着的男人与女人，这里没有表演，没有故事，没有吆喝，甚至没有什么声音。一切都是瑞典最平常的人与生活。时间从我们身边悄悄流过，行人从我们面前缓缓走过。没有东方大陆里的喧嚣，也没有北美大陆的匆忙。一个小时过去了，我们坐着，两个小时过去了，我们还坐着，直到买完菜的妻子来招呼回家，才醒悟到已经坐了很久。

　　要走了，才与朋友相视而笑，奇怪彼此沉默得那么久，但都明白，我们不约而同地欣赏一种和音乐厅里的艺术完全不同的似乎没有欣赏价值的生活。

　　因为爱想事，有时也突然想起，为什么喜欢在这里呆坐，呆坐着欣赏、享受些什么。想想，便悟出自己是在享受一种气氛，一种过去生活中缺少的气氛，这就是和平、从容、安宁的气氛。瑞典也有紧张，也有失业，也有烦恼。但他们生活里总是拥有一种牢靠的安全感。他们用不着担心明天会有战争发生，会有政治运动发生，用不着担心突然会被抛入一种神圣名义下残酷的互相厮杀的日子，用不着担心今天说了一句错话，明天就会受到灭顶之灾。这是值得羡慕的。在纯朴的瑞典人看来，这是最简单、最平常、最起码的人生空气，用不着操心会丢失这种空气。而我却为此操过许多心，直到今天，还不能放心。

　　前两年在芝加哥大学时，听阿城说，"在大陆生活时，总觉得有种味道不对，而且挥之不去。"这种味道也就是弥漫于生活的每一角落的人生空气，到处都有的、怎么也逃脱不了的社会氛围。这种氛围正与我们在音乐厅门口所感受的空气完全不一样。瑞典已经好几个世纪没有战争了，他们最怕丢失的正是这种每一天都在进行的日常生活秩序。

　　在离开瑞典的最后的一个星期，我还和女儿一起在那排台阶上作最后的一次呆坐，此次呆坐时。我心中竟萌升一种期待，期待我和女儿还有女儿的同一代人，有一天也能像北欧人群那样生活，能把握住今天与明天，能深信明天一定也是和平与安宁，用不着老是高呼口号和高举战旗。我期待我有一天也能坐在故国礼堂前的台阶上，静静地呆坐，看着流动的人群，欣赏着他们买鲜花、买葡萄、买桔子、买蔬菜。

"宁静"的对话

　　到瑞典之后，给我最深的印象是它的宁静。宁静像白雪一样默默地覆盖着森林、草地和海洋，也覆盖着学校、街道和商场。宁静压倒一切，包括压倒闹市的喧嚣。

　　在斯德哥尔摩大学的校园里，更是宁静。我窗外就是学生的红砖宿舍群楼，三四个月来，它给我的印象就像遥远的古堡，既凝聚着历史，也凝聚着宁静。住在这里的青年学子，长期生活在宁静中，常感到宁静太重、太浓，重得有些寂寞，浓得有点冷清。于是，他们于冷清中生出一计：相约在星期二晚上的十点钟，大家都朝窗外呼喊，一舒胸中的寂寥。这一时刻到来时，就能听见四面八方潮涌般的声音，划破夜空，寻找心灵的回响。我的小女儿莲莲一听到这声音就冲开门窗，甩掉平素的羞涩，朝着朦胧中的楼群大叫长叫几声，然后自己高兴得连蹦带跳。而我，在一片混然的杂鸣中惊奇地感到，在夜色笼罩下的土地上，竟潜伏着这么多渴望呐喊、渴望倾吐、渴望交流的生命。人类的生存毕竟是相关

与修瑞娟在斯德哥尔摩

的。太不相关，就会寂寞，就会有对寂寞的反抗。

我开始只是好奇。最近几个星期二的夜晚，在女儿开窗之后，竟然也不由自主地跟着女儿呐喊几声，喊完之后和女儿相对大笑。女儿笑什么，我不知道。而我，则是笑自己曾被寂寞压迫得不知所措，惶惶不可终日，就像刚刚走出躯壳的鬼魂。笑完之后感到一阵轻松，并悟到自己已经战胜多年来的大寂寞，反而喜欢宁静，喜欢和寂寞开个舒心的玩笑。于是，我和渴望呐喊、渴望冲破宁静的生命展开关于宁静的对话。

"太宁静了！我们需要声音！"

"我爱宁静！我被喧嚣折磨得太久了！"

"喧嚣里有骚动！喧嚣里没有寂寞！"

"喧嚣里有大寂寞！你们不了解大寂寞！"

"反正我们要享受声音！"

"反正我要享受宁静！"

每一次相互呼喊都是对话。我喜欢宁静中那些年轻生命的声音，也喜欢宁静本身。为了一张宁静的书桌，我曾经喊破了嗓门。宁静是我的奢侈品，一到瑞典，我就充满喜悦地意识到，我要好好地享受宁静。在宁静中，让思绪潺潺流动；在宁静中，讨回往昔大喧嚣消耗掉的生命，而且领悟难以化入喧嚣的大寂寞和离开喧嚣后的大孤独。喧嚣后需要宁静，孤独后也需要宁静。被喧嚣撕毁的生命碎片需要在宁静中重新聚合。假如有一天，我也像瑞典的青年学子觉得宁静过于沉重，那也不要紧，我也可以再朝着夜空呐喊，反正没有人干预，反正都是人的声音而不是狼的嗥叫。

走访海明威

　　此次告别旧岁之际，我和妻子女儿选定去佛罗里达游玩。从白雪覆盖的落基山下飞到红花盛开的加勒比海岸边，好像从冬天飞向夏天。美国的东南半岛，气温将近摄氏三十度，遍地是郁郁葱葱的椰子树、芭蕉树、榕树与凤凰木，一派浓密的热带风光。

　　小女儿刘莲刚拿到电脑工程硕士学位，满心高兴。两年半时间边工作边读书，非常辛苦，这回她要到佛罗里达好好地松一口气，于是，眼睛盯着Orlando的环球影城和迪斯尼乐园及海洋公园。而我则盯着南端海角上的基·威士特（Key West），那里有海明威的居住地与写作处。女儿理解我的心情，便在Orlando游玩四天之后，驾车奔向迈阿密（Miami），在那里参观了鳄鱼公园和浮华的海滨之后，便又驱车五个小时，直奔基·威士特。中间经过一个名叫KeyLargo的小城，便驶向梦幻般的海上公路。这是我见到的最奇特的几乎也是最美丽的公路。大约两百公里的线路就像一条浮挂在海上的珍珠长链，一粒一粒的珍珠是小岛，小岛与小岛之间是桥梁。最长的一座桥梁达七个miles，真是难以置信。我不停地看着车窗两边的海水、海树与海鸥，觉得自己是坐在急驰的波艇之上，海浪就在身边翻卷。我对人类的崇拜总是从具体的创造物开始发生，这一回，在心中扬起的是对海的造物主与对海上梦幻之路的创造者的双重敬仰，可说是天人合一的衷心赞叹。

　　一到基·威士特，我们立即扑向海明威故居。没想到，被花木包围着的两层小楼挤满了参观的人，"故居"已多了一重"博物馆"（Museum）的身份。讲解员正在给来访者介绍几只猫的名字和它们的脾气。海明威生前除了酷爱钓鱼、打猎之外，还喜欢养猫。他是一个充满灵魂活力与内在气魄的作家，连养猫也一养就是五六十只，现在主人不在了，但猫群还在继续繁衍，每一双生动的眼睛都在唤起访问者对伟大心灵的缅怀。海明威在1928年（二十九岁）从巴黎返美，定居于此处整整十年。在这里改定了《战地春梦》（共修改十七次）和写作了《午后之死》、《赢家一无所得》（短篇小说集），并从这里出发，前往东非作狩猎旅行，返回后又完成了《乞力马扎罗山的雪》（另一译名《雪山盟》）这一不朽名著。海明威在这里虽然只有十年，1938年之后，他前往西班牙战场，接着又作为特派记者在二战烽烟笼罩中的欧亚辗转。但是，他的灵魂始终在基·威士特周遭的沧海燃烧。1948年他回到古巴专心写作，1952年出版了他的代表作《老人与海》，显然与加勒比海雄浑而多种颜色的沧浪给予的灵感相关。没有基·威士特，就没有海明威。难怪他说："I want to get to Key West and away from it all."（我希望远离一切而投身基·威士特。）

海明威的写作室是在主房屋侧翼的另一小阁楼上，房里最重要的东西是一部打字机。他给自己安排了严格的时间表，上午打字写作，下午出海打鱼。他总是站着写作。这种习惯也许是为了写得快一点，以争取时间；也许是他这个硬汉子，生来就是一个从身体到灵魂，都不能弯下腰的人。他不仅是写作高手，而且是个钓鱼高手，曾钓过重达四百六十八磅的大旗鱼和三百磅重的大鲔鱼。展室里有一张他一手拿着钓竿一手高高举起大旗鱼的照片，这是典型的海明威照片，满脸是海的烙印和力的自豪感。站立在海明威的写作室和大照片面前，我意识到：海明威，这是一个写作中人，更是一个生活中人；这是一个陆地中人，更是一个海洋中人；这是一个社会中人，更是一个自然中人。很明显，他与自然的关系大于他与人际的关系，他与大海的关系重于他与社会的关系。想到这里，我突然升起一种调整生命关系的冲动。我知道，这个瞬间，我受到伟大灵魂的启迪，并且明白为什么《老人与海》这一让人读了之后就心旺气旺的伟大寓言性作品会产生于海明威的笔下。"可以失败，但不可以被征服"；"需要精彩的作品，但首先需要精彩的生命。"这种种精神不是在写作室里产生的，而是在与沧海的搏斗中产生的。

走出海明威故地，我们来到积满白沙的海滩。面对浩荡无尽的烟波，我发现自己的双脚所踩踏的地方乃是真正的天涯海角。这样的特殊地点是不可忘记的，这个地点所赋予的关于调整生命与外部世界关系的感悟也是不可忘记的：此后，生命应当多多朝向大海，朝向大自然，朝向大宇宙。

凯旋门与斗牛场批判

凯旋门批判

在欧洲已游览了十几个国家，几乎每个国家都让我喜欢，也让我愈来愈增加对人类的钦佩。人真了不起，人才是精神万物的创造者。这么美的城市，这么美的海港，这么美的山间别墅，这么美的教堂与博物馆，全都美不胜收，全都让人产生对人间的眷恋。但欧洲有三样东西引起我的质疑：一是罗马与巴黎的凯旋门；二是罗马的古代斗技场（斗兽场）；三是西班牙的斗牛场。

第一次见到凯旋门是在1987年访问巴黎的时候。因为我是中国作家代表团的成员，所以受到特别热烈的接待。主人带我们去枫丹白露大街、德尔尼大街游逛，还带我们参观埃菲尔铁塔、罗丹纪念馆、凯旋门等处。参观完主人带着自豪感客气地问我有何感想。主人是真诚的，所以我也报以真诚。于是，我说："法国的雅文化与俗文化都推向了极致，都让我吃惊。雅文化的代表是罗浮宫，太美太丰富太了不起了，一辈子也看不够。俗文化的代表是红灯区，一条大街十里长廊，各种青楼女子弄姿骚首，气魄真大，把我吓得心惊肉跳。"主人听到这里，憋不住情感，他打断我的话，客气地反驳说："你的祖国在明代末年，在《金瓶梅》时代，不也是很开放的吗？不也是有很大的红灯区吗？只是你们不叫红灯区，是叫什么来着？"我没有与主人争辩，继续说："还有一个问题是需要请教你们了。贵国的凯旋门，就建筑而言，确实很美，凯旋门的名字也很好听，可是，你们想过没有？凯旋门是庆祝战争的胜利，是战胜归来的纪念碑，可是战争是相互残杀，胜利的一方也杀人呀。"主人这回脸涨红了，他大约未曾听过这种批评，心理准备不足，一时语塞。我便继续说下去："战争不是好东西，两千多年前我国的大思想家老子就说过'兵者，凶器也。''大兵之后，必有凶年。'战争，就是杀人杀人再杀人，流血流血再流血，失败者杀人，胜利者也杀人，所以我们的先贤老子就教导说，胜利了别高兴，应当'胜而不美'。所以，从境界上说，凯旋门文化就不如《道德经》文化高。"法国朋友的脸涨得更红了。但因为领队催着我们回旅馆，未能听到他的答辩。那日我很亢奋，但绝不是刻意在表现自己的"爱国情怀"，我真的从内心深处觉得老子的思想了不起，也从思想深处觉得凯旋门文化乃是一种"胜而自美"的文化，这种"胜而自美"的文化与我国老子《道德经》中所呼唤的"胜而不美"的文化大思路正好相反。进行了血腥的战争而遍地横尸之后是举行庆功典礼还是举行哀悼葬礼，这是不同的政治选择，也是不同的人性方向。对此，我国的老子选择了"应以丧礼处之"，我觉得，这才是大慈悲，这才是真人道。这是多么了不起的思想，他在两千多年前就占领了人道思想的世界制高点。

当然，我也知道，我们中国在老子之后的两千多年历史上，也很少有帝王将相和英雄豪杰真能做到"胜而不美"。我批评过武松血洗鸳鸯楼时除了杀掉蒋门神等三个仇人外，还多杀了十二人，连马夫与小丫环都不放过。尤其让我难以接受的是，他杀得遍地横尸以后还扯下死者的衣服蘸上血在墙上骄傲地写道："杀人者，打虎武松也！"这是典型的"胜而自美"，典型的自我凯旋与自我庆功。我不知道什么时候，我的祖国人民才能抵达老子指示的境界。我在法国友人面前质疑凯旋门文化，只是和友人共勉，并非自炫。

1987年到巴黎时，我忘了凯旋门的历史，忘了凯旋门并非法国人的原创。凯旋门的始作俑者，不是巴黎，而是罗马。

2005年，我到罗马时，除了观览斗兽场之外，还特别仔细地看了看斗兽场旁边的罗马最大的凯旋门——君士坦丁凯旋门。此门建于公元313年。"征服",这是罗马帝国的主题,罗马帝国的骄傲,斗兽场既是征服"兽"的表演,也是征服"人"的表演。谁胜利谁就是英雄,谁失败谁就活该被杀死。失败连着耻辱与死亡。斗兽场上最有力量的人,也是最大的杀手。这是罗马帝国的缩影,它的凯旋门是为"征服"庆功,也是为最大的杀手庆功。

西方文化有极其宝贵的部分但也有不那么宝贵的部分,罗马、巴黎的凯旋门文化,就不那么宝贵,至少在我的心目中,它只有美丽的空壳。至于内里所涵盖的内容,我则闻到它的血腥味。正因为有此嗅觉,我才把老子所指明的"复归于婴儿",看作人生的凯旋。再也不崇拜力量,只崇拜婴儿般的心灵,扬弃征服也扬弃贪婪的心灵。

斗牛场批判

到了西班牙的巴塞罗那,和李泽厚兄一起观看了一场斗牛游戏,这才明白,罗马的斗兽场已在这里发生变形。此次和泽厚兄一起游览奥地利、英国。最后一站是地中海边上的浪漫之国西班牙。在伦敦时,我们得知好友许子东、陈燕华和他们的宝贝女儿多多刚到马德里,我们可以在那里会合,然后一起去观赏具有原始风情的佛拉门歌舞、斗牛和藏有戈雅画杰作的艺术博物馆。可惜马德里没有斗牛游戏，也未能看到西班牙歌舞，只游览了马德里宫、托伦多古堡，幸而还有普拉多美术馆（The Prodo Museum）在。这座馆阁原是1785年查理三世时建立的自然科学博物馆，1819年才由斐迪南三世改为画廊，经一百八十年的积累，馆中的一百间展室已藏满西班牙绘画的精华，仅戈雅就有油画一百一十四件，素描四百八十五件。我很喜欢戈雅的画，不管是写实的还是写意的都喜欢。临走时买了他的"穿睡衣的玛哈"，这个画中人似乎也是我的梦中人。

　　子东、燕华还有自己的旅程，我和泽厚兄就一起到地中海边上的巴塞罗那。这个城市的名字我早已熟悉，是因为它在前些年曾举办过奥运会。当时就觉得它在西班牙的地位相当于中国的上海。选择这个城市游玩，主要是想看斗牛。泽厚兄说，专程来看斗牛，要买最好的票，可以坐在最前边。票分三等，一等票相当于一百美元。那天观众很少，坐席的百分六十都是空着，于是我们便坐在第一排的最好位置上。人与牛就在眼皮下，斗士衣服上的花纹、纽扣、皮带、战牛身上的鬃毛、双角、足蹄，全都看得一清二楚。也许坐得太近，缺少"审美"距离，便亲眼看到鲜血从牛的身上喷出，溅落，然后消失在细沙里，也活生生地看到斗牛士把利剑插进黑牛的要害处，最后还看到斗牛士把躺倒在地下的牛耳朵割下，然后拿着还在微微颤动的耳朵向观众致意。以往曾在电视电影里看斗牛，看到的其实不是"斗牛"，而是"逗牛"。是斗牛士拿着一块大红披肩，在欢快的音乐伴奏中挑逗傻乎乎的黑牛，黑牛和斗牛士的一冲一闪，一横一竖，刚柔结合，很有节奏，甚至很有诗意。可是这一回的近距离观照，却完全打破我的诗意印象。两个小时左右，我看到的完全是血腥的游戏。人和牛都是生命，在此生命的较量中，两者是不平等的。斗牛士有护身盔衣，骑的马也有厚实的护甲，只有牛是赤身裸体；斗牛士拥有长矛和短剑等武器，牛则"赤手空拳"。人对牛是不讲"费厄泼赖"的。人实在太聪明，在拿着大红披肩"逗牛"之前，他们已经把牛的元气剥夺殆尽了。我们在电视屏幕上看到的"斗牛"表演，其实，那牛早已被折磨得筋疲力尽了。此次近看，才看清了斗牛的"程序"与"细节"。原来，斗牛的第一程序是"消耗战"。斗士首先充当骑士，他骑着蒙住双眼的骏马，马的身上裹着厚厚的护甲，斗士轻扬红布披肩。气汹汹傻乎乎的牛冲撞过来，却只撞倒马的护甲，而斗士却趁机用长矛往牛身上猛刺。我因为坐得近，便清楚地看到血从牛的身上喷射出

来，场上观众见到"血柱"，顿时发出一片喝彩。黑牛迭中
几"枪"后，才进入第二程序。这是另一位手执短剑的斗士
准备和牛进行一场"短兵相接"，也因为距离近，我看清短
剑的剑头带着可怕的钩，因此，一旦相搏，立即就可把牛
"肉"钩住。已经在前一轮的撞击中被长矛刺得满身鲜血的
黑牛在新的"战斗"中，每次冲锋过来，都挨了短剑的钩
刺，五、六个回合后，牛背挂上了五、六支短剑。黑牛大约
感到疼痛，拼命摇动身躯，想甩掉背上的"芒刺"，然而，
愈是晃动，便愈是丧失气力。此时，号角响起，场上一片欢
呼，原来，斗牛进入第三程序，即真正的斗牛戏开始了。斗
士一手拿着鲜艳的红布，一手拿着犀利的宝剑，又与遍体鳞
伤的黑牛展开激战。黑牛照样冲锋，一边流血，一边战斗。
斗士在周旋中看准空当，举起宝剑，对准要害猛刺，这致命
的一剑，穿越后脑，直捣心脏。那天，我看到斗士第一剑
没有刺中，牛未倒下，斗士很快又补上第二剑，这一剑又准
又狠又深，一直插入心脏，黑牛终于倒地。场上的观众这才
起立欢呼。这个时候，斗士才算旗开得胜。在欢呼声中，一
些浪漫的女性观众还给斗牛士送飞吻，扔手帕，斗士捡起手
帕，深深鞠躬，彬彬有礼地再现了中世纪那种崇敬妇人的骑
士风度。此次观赏四场激战，每场激战，都要杀死一头牛，

四场四头。斗牛场早已准备好拖拉牛尸的车架。

终于看到了最真实的斗牛场面。以往看到的是红面黄底的大披肩,这回看到的是红与黑交织的血淋淋;以往看到的是牛的凶猛,这回才看到了人的狡猾;以往看到的是假相,这次看到的是实相。看完后,泽厚兄说,不能再看第二次了。走出表演场,我们一路上又谈观感,他感慨地说,不同民族的文化心理差别真大。中国人恐怕不会喜欢,印度人更受不了。我说,凡是信奉佛教的国家都不会欣赏这种杀生的游戏,它离慈悲太远。中国历史上有过嗜好斗蟋蟀的皇帝,但还没有出现过热衷于杀戮生命的游戏。与古罗马的斗兽相比,巴塞罗那的斗牛多了一副面具,这就是红色的大披肩。这面具的一闪一烁,曾让我以为这是既有色彩又有旋律的图画,到了现场,才明白面具背后全是生命的颤栗和谋杀的技巧。

古罗马斗兽,毕竟还有真的"征服"精神,真的猛士,而西班牙的斗牛,虽然也想张扬征服精神,但只剩下屠杀的"花招"。赤裸裸的屠杀变成笑盈盈的诛杀,这也许正是人类的一种进化,双方力量的较量,进化为强者一方主宰的机谋。

从纽伦堡到柏林

  这是第二次到德国，第一次是1992年应著名汉学家马汉茂教授（已故）的邀请到鲁尔大学作学术演讲。因时间太短，仅到大学所在城市科隆游览了两天。那一次最让我高兴的是见到从未相逢的莱茵河和大诗人海涅的故居，还有建设了好多世纪才完成的雄伟的科隆大教堂。

与马汉茂在德国

　　此次到德国，则是受纽伦堡爱尔兰根大学国际人文中心主任朗宓榭教授的邀请，前去参加国际学术讨论会。与会者有来自亚洲、澳洲、美洲等处的三十多位学者，加上欧洲和德国本地的学者，会场上的"人气"很旺。这年秋天，欧洲的秋色仍然十分迷人，只可惜经济危机的阴影覆盖着整个大陆，让人感到时代的萧索。在这种情境下，德国的教育部还能资助召开这么一个大型的作家研讨会，实在不简单。在欧盟的二十几个成员国中，德国几乎可谓"一枝独秀"，强过英国、意大利、西班牙等自不必说，它甚至也强于法国。我多次到法国，觉得那里的工人阶级仿佛已经消失，社会上只有旅游业、交通业、服务业、高科技等部门，所有的日常用品几乎都是"中国制造"或其他第三世界的国家所制造。连电灯泡也是中国制造，我和法国朋友开玩笑，说"你们的光明来自东方"。其实，意大利、英国也是如此。据说英国的军装有一部分也是出自中国工人阶级之手。与欧盟诸国相比，德国倒是保留了许多传统的工厂和制造业，工人阶级尚未消失。

　　爱尔兰根大学的所在地是举世闻名的纽伦堡。这个城市既是纳粹的摇篮，又是纳粹的坟墓。纳粹从这里兴起，又在这里接受历史的审判。凡有历史常识的人都知道它的名字。

1935年9月15日，希特勒在纽伦堡的文化协会大厅召开会议，通过了臭名昭著的反犹太人法律：《帝国公民权法》和《德意志血统和尊严保护法》。第一个"法"规定只有雅利安血统的人才有充分公民权，第二个"法"剥夺了犹太人的德国公民籍和严禁德国人与犹太人通婚。这之后，纽伦堡政权还陆续公布了十三项补充法案，进一步剥夺了犹太人的新闻自由、娱乐自由和教育自由等，把犹太人打入贱民阶层。可以说，德国通向奥斯维辛集中营的屠杀六百万犹太人的血腥之路，就从这里出发。这是人类最黑暗、最可耻的种族灭绝的死亡之路。我们在大学校园里开了四天会，还赢得许多时间与德国的朋友谈论历史。所有的德国朋友都对纳粹的暴行感到耻辱。1971年12月7日西德总理勃兰特在华沙犹太隔离区起义纪念碑前下跪，这一历史性的行为语言，典型地表明德国人具有真诚的忏悔意识。德国的忏悔意识，就是确认二战时期对犹太人的屠杀行为乃是德意志民族整个集体的"共同犯罪"，是集体制造了一个巨大的历史错误和历史罪行，每个德国人都负有一份责任。不仅纳粹头子负有责任，普通老百姓也负有责任。这种意识是对良知责任的体认。二战后的德国知识分子和德国人能够真诚地下跪体认，这是德国真正的新生。在第二次世界大战中，西方与东方都经历了大灾难，都经历巨大的刻骨铭心的死亡体验，但战后的德国人和日本人表现不同。直到今天，日本的政客还在年年参拜他们的靖国神社。他们只想向屠杀中国人的"战神"下跪，绝不在南京万人坑前的三十万中国亡灵之前下跪。和德国不同，日本对其在中国犯下的滔天罪恶，一直死不认账。如此不认账，怎能"靠得住"？怎能让中国人放心？对待二战的浩劫和它所造成的巨大灾难，德国人有种诚实的态度而日本却没有。东西方两种行为语言表明：德国战后确实砍断了战争的尾巴，而日本人还保留着，甚至还翘得高高。

在纽伦堡与德国朋友的交谈，总是很高兴，也才明白他们何以具有如此清明的忏悔意识。他们说，1933年1月30日兴登堡任命希特勒出任政府总理之前，即1932年的国会选举中，纳粹党就获得一千三百七十万张选票，二百三十个议席，成为第一大党。因此，可以说纳粹头子希特勒能登上"总理"宝座，是大家即当时的德国民众用选票把他选上的。纳粹党的名称多么好听："国家社会主义工人党"。又是"国家"，又是"社会主义"，又是"工人阶级"。结果民众被迷惑了，他们用最热烈的掌声、最疯狂的呐喊和手中的"民主选票"把一个跳梁小丑般的暴君拥上历史舞台。今天，德国新一代不能忘记这一历史教训，不能忘记民族主义和民粹主义的狂热导致了罪大恶极的法西斯主义。

也许是受德国朋友的感染，我到柏林顾不得去逛大街和游览博物馆、艺术馆，先去观看郊外的"集中营"。这个集中营规模比不上奥斯维辛集中营，也没有奥斯维辛那么多骇人听闻的血腥故事，但毕竟可以再看一遍集中营的刑具、肤发、机枪和纳粹们如狼似虎的图片以及只剩下一张人皮的犹太人的照片。人类是不可以丧失纳粹集中营的记忆的。遗忘，就意味着堕落。倘若集体遗忘，那便是集体堕落。而堕落的结果将是重演惨绝人寰的历史。

观看了集中营之后，我们才放心好好地看了看柏林市，看看发生过著名纵火案的帝国大厦，看看勃兰登门和门前的喜剧性大街，看看让人想起种族灭绝的犹太纪念碑林，看看让德国实现统一的"铁血宰相"俾斯麦的雕塑，看看马克思和恩格斯铜像，看看爱因斯坦曾经在那里教过书的洪堡大学，看看海森喷泉和柏林大教堂，看看闻名于世的博物馆岛和岛上的老馆与新馆。这之间还到波斯坦看看波斯坦风车和无忧宫。奔走了整整四天，才明白柏林不是纽约，不是洛杉矶，不是伦敦，不是巴黎，不是东京，不是上海，不是香港，它没有成群的摩天大楼，没有恐龙似的现代大建筑。它仿佛是无数小镇组合成的城邦。它宽广而不密集，博大而无

在柏林历史博物馆

险峻，在城市游走没有高楼的压迫感，反而有乡间的轻松感。我喜欢这种现代城市，只是困惑于三四十年代它怎么成了那个名叫希特勒的大野心家的跳梁舞台。臭名昭著的第三帝国的中心就在这里吗？帝国的无数咆哮，疯子的一个接一个的杀人指令就从这里发出的吗？把千百万人类的仇恨烈火煽动起来、然后投入血海腥风的司令部就在这里吗？让全人类在20世纪上半叶经历了两次世界大战、经受了两次死亡大体验的策源地就是那一座大厦、那一道城门和那一角落里的地下室吗？柏林啊柏林，柏林中心地带的每一座建筑都有一番故事，我在这里阅读柏林这部书，是在阅读野心史，阴谋史，战争史，血腥史，分裂史，耻辱史。除了这些"史"之外，还阅读了苦难史，犹太人的苦难史。此次柏林之旅，给我留下最深印象也让我最受感动的是"犹太博物馆"和"大屠杀纪念碑"，尤其是后者。这不是一座碑，而是由二千七百一十一块水泥石碑组合成的巨大碑林。两千多块石碑，每一块都有0.95米厚和2.38米高，全镶嵌在高矮不平的路面上。这是了不起的旷世杰作：了不起的思想，了不起的规模，了不起的建构。一看就让人惊心动魄，就想起犹太人被屠杀的历史大惨案。在观看瞬间，我本能浮起的意念是：这些石碑是六百万犹太人的鲜血凝成的；这些碑石每一块都在见证人类的耻辱和人性的残暴；这些石碑是德国经历了战火的洗劫而留下的良心。因为这不是犹太人建造的，而是1999年德国议会通过决议建造的。这座纪念碑表明，德国人的忏悔是真诚的，他们用钢筋、水泥也用负疚之心在自己的土地上建筑了一座牢不可破的见证物。每一块碑石都是一面镜子，每一面镜子都在照射和拷问自己的良心。除了纪念碑之外，这里还有一个地下"资讯厅"，将近八百平方米的展厅里展示着犹太人苦难的命运。德国人在自己的都城里建设犹太人被屠杀的纪念碑和他们造成犹太人苦难的见证厅，用两千多块坚硬的石碑告诉世界：他们犯下的历史罪恶是铁铸的事实，是不容抹杀、不容忘却、不容淡化的事实，必须永远面对这一绝对事实。唯有面对，才不愧是产生过歌德、康德、贝多芬、爱因斯坦的故乡；唯有面对，德国才能重新赢得国家的荣誉和世界的信赖。

在柏林游览了四、五天之后，我觉得应当在这里居住一个月、两个月甚至一年，应当读读这里的每一座著名大厦，每一条著名的街道，每一尊不寻常的雕塑。这才是历史，活的历史，真的历史，让每个人都要想到"责任"、想到耻辱、想到人性黑暗的历史。时间太短了，最后只能选择去看看分裂为东德和西德的那个时代的历史痕迹了。去看看柏林墙，"不到长城非好汉"，不看看柏林墙，能算到过柏林吗？

刘莲见到柏林墙时非常兴奋，立即在墙上写下"奔向自由"四个字。柏林墙早已拆除了，留下让人观赏的只剩下大约百米长的墙壁上，被艺术家与旅客涂上各种图案与文字。小女儿这四个字像四点小水滴汇入大海，恐怕没有人会认真去读一读，但它反映了人类向往自由的天性。如同人类生来就具有爱美的天性一样，爱自由也是一种天性。爱美与爱自由的天性是任何概念、任何学说、任何力量都阻挡不了的。所以，我瞥了一眼柏林墙就升起一个普通的但又是唯一可用的词汇：愚蠢！建筑围墙的当权派多么愚蠢！他们想用一堵围墙去堵住千百万向往自由的心思，想堵住德国人相亲相聚的潮流，这只是一种妄念。如果筑墙者聪明，他们应当给围墙内的人民多一点自由与幸福。自由、幸福等普世要素才能构成温馨的磁场，才能让人热爱所在地的生活而不去作"突围"的冒险。二战后，德国分裂成两半，这是上帝对德国的惩罚。分裂四十年后，围墙倒下，德国又赢得统一，这是历史给予德国的一种新的期待。是期待"强大"吗？是期待"第四帝国"的兴起吗？不是，伤痕累累的历史所期待的是不要继续东西对峙，是不要再发生血腥战争，是不要让人类再作大规模的死亡体验。

又见欧洲

一

1987年，我作为中国作家代表团的成员，第一次见到欧洲，那是在法国。可惜那是集体性的访问活动，无论是观看巴黎还是其他城市，都没有张开个人的心灵眼睛。回国后对朋友说，此次是眯着眼看巴黎，以后还要张大眼睛去看看。没想到，我与欧洲这么有缘，第二年我又到了瑞典，那是去观赏诺贝尔奖的颁奖仪式。第三年又路经巴黎（逗留了一个月）到美国，以后又四次来到这个法兰西的都城。每次到巴黎，我都到罗浮宫沉浸一两天，最高兴的是两次，都由好友作伴。他们是艺术家，对罗浮宫的雕塑、绘画如数家珍，他们告诉我，从16世纪法兰西一世蒐集各国的艺术品开始，到了路易十三、路易十四时期，罗浮宫已经成了世界一流的艺术馆阁。看了罗浮宫之后，才发现美国离罗浮宫很远。美利坚合众国虽然伟大，但它几乎没有历史。在美国，可以见到数不清的高楼大厦、豪华住宅，但都没有故事。可是欧洲的许多楼阁建筑，都有一番故事。罗浮宫本身的故事就可以从13世纪法王菲立普六世在塞纳河边建构堡垒讲起。而罗浮宫内的艺术品，每一件都蕴含一个故事，都呈现了一部分人类的审美趣味史。

坐在小广场的喷水池边，面对罗浮宫，我曾思考，我们所居住的这个地球，最伟大的人文传统在哪里？我想，一个是欧洲人文传统，一个是中国的人文传统。卢浮宫只是欧洲人文传统的一扇门窗，它不是全部，但它辐射着这个传统的无比辉煌。而中国的人文传统，多半凝聚在文字上，缺少大规模的博物馆，尤其是艺术博物馆。宫殿只属于帝王将相。宫廷的字画古玩也缺少国际性。历代帝王拥有那么多土地，但最关心还是自己游玩的御花园。慈禧太后非常聪明，但她只会想到兴建颐和园的帝王游乐园，不会想到建筑一个集中人类天才创造物的罗浮宫。我国的帝王们不了解，一个人的内心深处积淀下颐和园与积淀下罗浮宫是很不相同的。我想告诉慈禧太后们这些亡灵：我，一个中国的学子，当他的内心积淀下维纳斯与蒙娜丽莎，当他积淀下从古希腊到梵高、莫奈的艺术品之后，心里平静丰富多了；五千年文明的长河流过地球的各个角落，冲洗了荣华富贵，却留下闪光的艺术。一切都会过去，唯有美的精品永在人间，人生可以向颐和园靠近，也可以向罗浮宫靠近。这是两种截然不同的心灵方向。拿破仑四处征服，凯旋的时候，他不是带回俘虏和金银财宝，而是带来稀有的艺术品。1793年他就把罗浮宫变成一个正式的大博物馆了。据说仅拿破仑一次就捐赠了四十万件宝物。现在摆设在展馆里的两万多件展品，全是宝中之宝。艺术宝物的特点是"精致"，而且"精致"中有"个性"，每样艺术品都如此不同。我以往只知道有一个读不完的莎士比亚，到了巴黎后，才知道还有一个看不尽的罗浮宫。后来又知道，罗浮宫不仅要看，而且要读，因为几乎每一样作品都有来历，都有一段美丽或神秘的传说。最后，我又明白，罗浮宫不仅属于法国，而且属于全人类，这里凝聚着全人类的天才智慧，也凝聚着全人类的创造历史。在这里观赏艺术，也在这里观赏历史。这里有公元前2500年的古埃及书记官的雕像，有古希腊、古罗马、古波斯、古中国的各种艺术精品，每样精品都在见证历史和诉说历史。最珍贵的艺术品都被抢到罗浮宫，我们永远也不会仰视拿破仑那征服者的骄傲，但知道这个法国帝王，拥有大聪明，他了解人世间最有价值的是什么，他该给自己的国家积累些什么，该给法兰西人的心里留下些什么。

二

从1992年8月到1993年8月，我应罗多弼教授的邀请，到斯德哥尔摩大学东亚系"客座"一年，当时，我就想游览全欧洲，特别是想进入法国之外的其他艺术之城与人文之城。但是，因为教学与写作占据太多时间，我只到了荷兰、丹麦、挪威、德国、俄国等处，虽写下了一些游记，还是遗憾自己走的地方太少。这种遗憾，到1999年游走奥地利、英国、西班牙和2005年游走意大利、梵蒂冈、圣马力诺、摩纳哥之后才消除。到这些地方，我的心境很特别，这大约是攀登珠穆朗玛峰的爬山运动员的心境。在我心目中，大自然的

在布拉格卡夫卡写作室

珠峰屹立在我国的青藏高原，那个白雪覆盖的尖顶，我永远无法抵达。但艺术、文学、人文的珠峰在欧洲，那些标志人类精神价值和创造最高水准的巅峰在佛罗伦萨、威尼斯、罗马、伦敦、米兰、梵蒂冈、维也纳等处。米开朗琪罗、达·芬奇、拉斐尔还有荷马、但丁、莎士比亚、歌德、托尔斯泰等名字，都是我心中的珠穆朗玛。去英国之前，我就想着，那里也有我的珠穆朗玛峰，只是在那个国度里，它的名字叫做莎士比亚。还有另一个珠峰，叫做西敏寺，这座教堂里安息着牛顿、达尔文、狄更斯等伟大亡灵。我一定要踏上教堂的地板，让自己的脚板与整个身心和这些伟大亡灵共振一次脉搏。果然，我和李泽厚兄一起踏进莎士比亚的故乡（爱汶河畔的斯特拉特福），尤其是踏上他的卧室，在排长队签名的瞬间，我几乎要晕倒在那座古旧的楼阁上。看看那张简陋的睡床，看看脚下的地板，我几乎觉得自己在做梦。从少年时代就开始膜拜与崇仰的莎士比亚，就睡在这里吗？这个地方，这座木头小楼阁，就是诞生《哈姆雷特》、《奥赛罗》、《朱丽叶与罗密欧》的地方吗？签名的队伍从楼下排到楼上，陪同的朋友说，这里每天都像朝圣，每天都得排队。"朝圣"，这个概念用得太好太准确了。我就是来朝圣的，我是东方的文学信徒，从小就信仰文学，信仰真、善、美，我知道对于文学仅有兴趣是不够的，还必须有信仰。莎士比亚就是我的神，我的圣人，我的信仰。在小楼底层，来访者挤得密密麻麻，我在人群中再次感到晕眩，我眼睛看着玻璃橱里的遗物，心里又浮上奥菲莉亚、苔丝德蒙娜、屈力奥特佩拉……整整两个小时，我就像登上珠穆朗玛顶峰的运动员，被八千多米的高峰大雪刮得难以站稳。到达这里的前几年，我就出版了《西寻故乡》一书了，此刻我见到的莎士比亚故居，也是我的一处故乡。那个十五岁踏进福建国光中学的少年，那个名字叫做刘再复的少年，他的人生就是从朱生豪翻译的莎士比亚戏剧集出发的。当他打开了《哈姆雷特》的第一章，他的整个心灵就属于莎士比亚了，他的永恒家园就已确定了。他读莎士比亚比读曹雪芹还早，两位天才都是他的故乡。不错，苔丝德蒙娜、奥菲莉亚对于我就和林黛玉与晴雯一样亲切，她们全是我青年时代的姐妹与伴侣。在我的人生中没有比她们更亲的恋人了。有人读书是为了"求名"，有的是为了"求知"，而我除了求知之外还为了"求友"，即求梦中的精彩友人与精彩恋人。就在莎士比亚的故居里，我决定还要去看望朱丽叶与罗密欧。2005年我和妻子菲亚、女儿刘莲终于来到意大利的维罗纳，并在这里住宿了一个夜晚。这座城市里有朱丽叶纪念馆。我们带着仆仆风尘走到朱丽叶的全身铜像前，这座铜像被无数多情男女的手抚摸得闪闪发亮。千万张纸条贴在这个罗密欧与朱丽叶相会的庭院里，我读了一些充满痴情的寄语与诗语之后也激情燃烧，和朱丽叶一起照了相。刘莲更是照了一张又一张。至真的情感永远是美丽的，人间最后的实在毕竟是情感，我崇尚这对为情而死的"情圣"，他们一起为人间留下真，留下美，留下超越家族对立的性情，不仅是浪漫。

拜谒莎士比亚故居的心愿完成之后，我兴奋得好久。故居里所有的纪念品，从邮票、像章、钢笔、钥匙链到明信片、图片，我全买了，而且从欧洲一直玩赏到美国。放下这些纪念物，我就盘算着下一回应去攀登另一座米开朗琪罗高峰了，这个愿望直到2005年才实现。2005年1月，法国普罗旺斯大学召开国际学术讨论会，正在写作发言稿时，好友邀请我会后去巴黎小住几天，然后由他安排到意大利旅游十天。这正符合我观赏艺术珠峰的期待，从2月4日到11日，我和菲亚、小莲就路经里昂，然后到戛纳、尼斯、摩纳哥、佛罗伦萨、威尼斯、比萨、米兰、罗马、梵蒂冈、圣马力诺等处，展开日夜兼程的艺术之旅。2月8日，我们来到梵蒂冈的圣彼得大教堂，仰望观赏一百二十八呎高处天蓬画所展示的伟大场面，在米开朗琪罗这幅天才的巨画里，九个大场面分布在九大框格之中。曾经在书本里看过的上帝"真身"和亚当夏娃"真身"（我不信另有真身）就在上头，带着白胡子的上帝一手拥着夏娃（手指还触到另一个女婴），一只手伸向注视着他的亚当。伟大的神圣手指已触到他所创造的第一生命的人间手指，亚当的眼睛既与大慈悲的天父眼睛相遇，也与夏娃的眼睛相逢，唯有女婴好奇地看着无边的未来。这是"创世纪"的第一幕。惊天动地的人类诞生的伟大时刻，充满慈爱、充满光明与充满生命气息的情景，就从这一刻开始。这之后便是人类初生时期的生活图画。米开朗琪罗按照《旧约》的精神展示，人类生活的第一篇章并非一帆风顺，滔天洪水的强大，人性本身的脆弱，亚当的醉酒，夏娃的觅食，婴儿的天真，母亲的微笑，天帝的刚毅，诺亚方舟的拥挤，三百多人物的悲喜歌哭，全交织在天才的笔下，沿着九局画面绕了一圈。我时而感到惊喜，时而感到恐惧，时而感到迷惘。最后只是赞叹：人很美丽，但并不是所有的人都那么好。整幅巨卷暗示，人类不可以须臾离开自己的伟大父亲。

　　米开朗琪罗用了四年半的时间独自完成这幅天上人间的辉煌巨卷。从1508年到1512年，他投入了全部生命，躺在鹰架上作画，胡须朝向天空，头颅扭向肩膀，画笔的彩色汁液滴落在他的脸上。腰身向腹部伸缩，一千六百多天的辛苦劳作把他的身体变形了，后身变短，前身变长，连眼睛也变样，读书看字必须把书放在头顶上。米开朗琪罗具有超人的天才，更是具有超人的勤奋和超人的毅力，而且还具有一种哪怕是《圣经》也无法牵制他的独创力量。按照《旧约》的原意，上帝造人是上帝往亚当的鼻子吹了气，但他大胆地改为用手指向亚当传递灵魂与生命，这一改变，使上帝与亚当的形象显得从容自然，也使得夏娃与亚当各自找到最恰当的位置。

在梵蒂冈观赏艺术巅峰之后，我便在城中观赏罗马的共和国广场和帝国废墟。当年的帝国已经灰飞烟灭，我们参观的只是帝国的空壳，有如观赏恐龙的骨架。不错，只是骨架。有的业已装新，有的则保持原样。恐龙骨架体系中最引人

在布达佩斯

注目的是斗兽场和斗兽场旁边的罗马最大的凯旋门——君士坦丁凯旋门（Arco di Costantino）。此门建于公元313年，由三个拱门组成。门上的浮雕据说是照搬了图拉真大帝和哈德良大帝凯旋门的浮雕，没有自己的艺术创造。与凯旋门为邻的是斗兽场。这个血腥搏击场建立之初，即公元1世纪的七八十年代，就有两千个奴隶与武士死于对手与野兽的刀剑与牙齿之下。帝国的暴君以欣赏血腥战斗与死亡为乐，这也是欧洲历史极其黑暗的一页。以残暴为美，以杀戮为乐，以鲜血刺激神经，以他人的尸体奠定自己的权威，这种病态心理，在人类社会消失了吗？罗马帝国灭亡很久了，但病态心理并没有消亡。

从罗马出发，我们又到佛罗伦萨、比萨、米兰和威尼斯。在佛罗伦萨米开朗琪罗广场的大卫像下，我意识到，伟大的文艺复兴运动从这个城市兴起已是公元14世纪，距离罗马帝国的斗技场建立的时间竟有一千三百年之久。在中世纪的宗教统治下，西方人类虽然经历了漫长的黑暗，但文艺复兴运动终于在佛罗伦萨这个地方摆开了战阵，人的尊严意识毕竟从此崛起。他们在回归希腊的口号与策略下，再次展开个体生命的天才创造。欧洲在希腊时期向人类世界提供了苏格拉底、柏拉图、亚里斯多德，还提供了《荷马史诗》和《俄底浦斯王》等不朽悲剧。佛罗伦萨发出文艺复兴的曙光之后，欧洲从14世纪到19世纪又向世界提供了一大群的天才和伟大创造物。14世纪，它提供了米开朗琪罗、达·芬奇和拉菲尔；17世纪，它提供了斯宾诺莎；18世纪，它提供了洛克、孟德斯鸠、卢梭、伏尔泰与大百科全书群落；到了19世纪，欧洲更了不起，这是个群星灿烂的世纪。在德国出现了高于柏拉图与亚里斯多德的哲学巅峰康德，还出现了马克思、黑格尔等高峰。这个世纪的德国很了不得，不仅哲学第一，而且艺术也第一（康有为语）。康德之外还有歌德与贝多芬。人文的珠穆朗玛峰移向德意志的土地。在法国，为人类世界提供了巴尔扎克与雨果；在英国则提供了牛顿、达尔文、洛克、亚当·斯密和休谟；而在俄罗斯这个吸收西欧文明的幅员辽阔的大国，则给人类世界提供了托尔斯泰与陀思妥耶夫斯基，这又是文学的珠峰。18、19世纪是欧洲的世纪，难怪那么多人要认它是地球的中心。平心而论，19世纪的欧洲，是无愧于被称作世界的中心的。可是，没想到，就在这些人类文明最发达的地方，在20世纪策动了两次血腥的世界战争，而且出现了反人性的两大现象：纳粹现象与古拉格群岛现象。为什么产生启蒙理性的欧洲却发生最不理性的疯狂？为什么近现文明的策源地变成了战争的策源地？德国，这个创造哲学巅峰的国家出了个几乎把地球置于死地的头号疯子希特勒，这又是为什么？战火烧焦了土地，奥斯维辛集中营埋葬了人类生活的诗意，于是，怀疑产生了，针对理性崇拜的解构思潮产生了。现代主义思潮针对文艺复兴思潮对人的讴歌，叔本华等哲学家提出"人没有那么好"的反命题。荒诞变成20世纪西方世界的特征，于是，荒诞戏剧与荒诞小说从此勃兴。二战的战火停息之后，我们再回望欧洲，便注意到，欧洲不仅给世界提供了米开朗琪罗、莎士比亚与康德，也提供了恺撒与拿破仑，希特勒与斯大林。最美的罗浮宫与最丑的奥斯维辛集中营都在欧罗巴土地上。

三

登临了欧洲的艺术巅峰，观赏了文艺复兴时期及其之后几个世纪的天才创造，不能不敬佩，不能不叹为观止，也不由得要感慨：20世纪的欧洲艺术与19世纪及其之前的若干世纪相比，真是大倒退。

为什么倒退，在游历欧洲的旅程中也找到一些答案。在梵蒂冈见到米开朗琪罗的雄伟杰作时，也同时了解了那个时代有一位支持他的教皇。教皇给他时间，给他多年精心制作的可能。假如教皇是个急功近利之辈，米开朗琪罗就不可能有此伟大的完成。在佛罗伦萨又见到米开朗琪罗的雕塑和众多天才的杰作，但就在大卫的雕像下，我听到一位来自英国的画家说：要不是当时佛罗伦萨的领主梅迪奇（Hou of Medici）家族热爱艺术，领主变成艺术的最大赞助人与领引人，要不是他们在统治佛罗伦萨时资助了大批艺术家，就不会有佛罗伦萨的艺术辉煌与人文辉煌。我则说，20世纪的欧洲艺术质量倒退了，因为，艺术家失去了从容，失去了梅迪奇这样的知音与靠山，他们必须靠市场养活自己。可是市场只讲功利与效率，一般的商人没有真正的审美的眼睛。艺术家为了赢得市场，只能在"创新"的名义下别出心裁地胡乱翻新，眩人耳目。急功近利的当代市场可以用吓人的天价买下梵高的绘画，但无法造就新的米开朗琪罗、达·芬奇和拉菲尔了。唉，欧洲，你的艺术巅峰时代已经过去，此时此刻，世俗的激情已取代了对神的爱也取代对艺术的崇仰，我不知道欧洲还会不会有第二次的文艺复兴？我在这里做梦，也仅能以此真实的梦献给我喜爱的欧罗巴大地！

（写于2006年8月，科罗拉多）

岁月几缕丝

第三辑

瞬　间

在芝加哥大学的校园，我已经历了第二个秋天。

两个秋天都来得非常突然，都在我没有任何心理准备的时候突然展示在我的面前。

今年的秋天是在一个周末来到的。昨天，屋前的大树还在阳光下闪着绿，而夜里一阵秋风之后，今天早晨，却突然满树是黄叶子。有些叶子还在枝上抖擞，有些叶子则已开始了第一次秋的飘落。在依旧苍翠的草地上，已有第一群秋的使者。

秋是在一刹那间到来的。就在一瞬间里，生命更换了一个季节，世界呈现出另一种风貌。我既没有为夏天的消失而伤感，也没有为秋天的突然降临而狂喜，只是惊讶于昨天与今天之间的一瞬。神奇的一瞬，改变了大自然生命形式的一瞬。瞬间的魅力，常带给我永恒的激动。

我想到，人的生命也如大自然的生命一样，常在瞬间完成了精彩的超越，生命的意义就蕴含在一刹那的超越之中。

与美国著名学者杰姆逊及李欧梵合照（1990年）

在一刹那间，生命突然会奇迹般地涌出一个念头，一种思想，一股激情。这种不知来自何方的念头与情思，强迫你立即作出判断和抉择。在那一瞬间，你并没有意识到此时此刻的判断和选择如此重要，然而，正是这一时刻的选择，使你的生命意义和生命形式发生了巨大的变动。也许，就在这一瞬间，你的灵魂已经跪下，成为魔鬼的俘虏和合作者；也许就在这一瞬间，你的灵魂往另一方向飞升，穿越了庞大的痛苦与黑暗，甚至穿越了残酷的死亡，实现了灵与肉的再生。这一刹那，就是偶然，就是命运。

我常常感到瞬间的神秘。这种难以描述也难以测量的力，可以摧毁一切，包括摧毁坚固的秩序和被称为"必然"的许多庞大的规范和权威，也可以摧毁自己在内心中营造多年的全部精神建筑。然而，这种力也会把智慧之门突然打开，让生命增加许多奇气。很多长久折磨过我的困惑和许多长久煎熬过我的书本上的难题，就在瞬间中消解了，明白了。我觉得自己对于自身的存在和自身之外的其他无穷存在的领悟，就实现于瞬间之中。

瞬间，还常常改变自然时空与现实时空的程序，使过去、现在、未来，全跃动在我的思绪里。瞬间中，我可以驰骋于古往今来的沧桑之中，感悟到生命的短暂，也感悟到生命的永久。近代大哲人海德格尔关于存在与时间的学说，最初是否也发生在瞬间的感悟之中呢？他对宇宙、社会、人生暂时的关怀和永久的关怀，以及两种关怀之间的思辨，是否就在一个顷刻之中萌动呢？

我常常感到我的周遭到处是围墙，我就生活在围墙的笼罩之中。然而，就在一刹那间，我突然会完成一次勇敢的突围和穿越高墙厚壁的尝试。此时，我没有意识到危险，更没有意识到死神已逼近我的身边。只是在这一瞬间过后，我才意识到危险已被我战胜，死神已被抛在远处，我的生命已获得了一次新的证明。我为自己高兴，并感到生命并不脆弱，就像从夏树飘落而下的叶子：不是死亡，而是进入厚实的大地给秋作证。秋是美丽的，值得我为她作证。

当我发现自己没有被他人他物所确定的时候，真是高兴，因为我知道被确定的生命是没有活力的。只有不被他人他物所确定的生命，才有属于自己的绿叶、黄叶与红叶，才有属于自己的生长、发展、飘落以及再生的故事。我真高兴，我将继续经历许多突然降临的春夏秋冬和突然而来的一刹那。既然能看到瞬间的飘落，就能看到瞬间的萌动和瞬间的大复苏。瞬间虽然无定，但我信赖它。

草　地

在芝加哥大学，我除了喜欢到图书馆之外，就是喜欢看看校园的草地。

校园内到处是草地，其实，校园外也到处是草地。然而，我就喜欢看看，已经看了两年了，还是喜欢看看。

草地上除了青草之外，别的什么也没有。我的根在故国的土地上扎得太深了，不容易喜欢异邦，然而，我却很喜欢异邦的草地。

我在西方的享受，就是看看这些草地，这些青青的、青青的草地。

我爱躲在屋里读书，读得累了，突然会想起，屋外是一片草地，登时就有点精神。一旦走出门口，闻到草香，就更有精神了。这种体验多了，才意识到草地也是我生命的一部份，它天天在给我注入一种精神的液汁。只要有草地在，我的生命就不会变成一片赤土。

记得童年时代的故乡，也到处都有草地。可是，前几年

在图书馆

我回家乡时，才知道草地和森林都消失了。不知道在什么时候，故乡被剥掉了一层皮。

在北京生活，因为很难见到草地，我就在自己楼前小院里种了一些小草。可是，街道委员会的老太太们组织大扫除时，总是把它拔得干干净净。在京城里散步，总觉得缺少点什么。到了美国之后，才意识到是缺少草地。

我的生命太需要草地了。如果故国也到处都有草地，天天都可以看看草地，我的心境一定会安静得多。对于我，这些飘动的小草，比任何其他的还重要。

夏日里，我更离不开草地。晚饭后我一定要到草地上坐坐，看看，想想。坐在草地上，想什么都特别顺畅。

　　对着眼前的青青翠翠，我想到，人生其实也很简单，只要有一箪食，一瓢饮，一片草地，就可以生活得很有味。用不着那么激烈，那么多忧烦，更用不着那么多色彩、火焰和无谓的喧嚣。

玩屋丧志

买了新房子之后，好长一段时间，我一直处于快乐的亢奋之中。

搬进来的前一天晚上，我就独自上街买油漆，然后连夜把屋内四间房的墙壁全部刷新。速度之快，叫菲亚和小莲大为惊讶。对着发呆的妻子和女儿，我骄傲地说：在五七干校锻炼那么多年，不是白活的。但是，说实在话，在干校的干劲，从来没有这么大过，更没有这么兴奋地忙过。

刷完墙壁之后，我们就搬家。搬家之后，又忙于买家具，装并书架、橱柜、桌椅，速度之快又令妻子女儿惊讶。尽管快，但也花去两个星期的时间。屋内的事忙完之后，便沉醉于屋外的修整阳台和草地。

好友吕志明劝我，阳台最好还是开春之后再修。可是，我心急，从窗口看到阳台上的旧栏杆，总觉得碍眼。一座新房子怎么可以容忍这么一座破阳台，于是，在冬日里就着手改造修整阳台。为了修整，我购买了各种工具，从斧头到锯子，从钳子到钻头，仅仅钉子一项，就有十几种类型。志明兄原是物理学博士，现在已是专家了。他顺应我的意愿在冬日里和我一起改天换地。他心灵手巧，我在他的指挥下做着小工，时而锯木头，时而取钉子，时而上街买零件，也忙得浑身是汗。最后一道工序是粉刷，我们选择的是淡橘红色。这时，我又拿出五七干校学到的全部本领，把阳台仔仔细细地重新刷了一遍。科罗拉多冬日的阳光特别明亮，崭新的阳台在阳光下发出淡红的光焰，像在燃烧。看着自己制造出来的阳台，我高兴极了。这是我发表的第一篇创家园的作品，比年轻时发表第一篇诗作还高兴。志明兄回家后，我独自透过窗口欣赏自己的作品，欣赏了好久，愈看愈高兴，夜幕降临了，才感到肚子饿了。那些天，我真的废寝忘食，饭都顾不得吃，哪能顾得上读书写作。

修整完阳台，便进入修整草地。草地上的杂草要除，树枝要修剪，菜地要开垦，还要买肥料和种子。春天到来时更是忙极了，满地是蒲公英的小黄花，千朵万朵，要一一拔掉。但不管什么活，样样都使我沉醉。这时我才知道，修建自己的房屋和草地会上瘾，一上瘾，才知道原来自己更爱体力劳动。写作真辛苦，还是干点体力活痛快。当初不知道为什么会走上写作这条痛苦的迷途，当初为什么不选择修房子、修阳台和修草地这条金光大道？如果不是误入歧途，怎么会天天陷入爬格子的苦役中？愈想干得愈欢，但也愈想愈不对头。幸而突然想到李泽厚的话，人一上瘾就会异化，抽烟、赌博，看《红楼梦》都会异化。我这会儿是不是也异化了？倘若不是异化，怎么会整整三个月，什么书都不想读，什么字都不想写，只想刷墙、种菜、拔蒲公英。古人说"玩物丧志"，我在这些日子不正是"玩屋丧志"吗？

尽管意识到这一点，还是控制不住自己。还是一天到晚牵挂着草地。而且一走到草地上就高兴。好几回大女儿剑梅从纽约来电话找我，小妹妹告诉她：爸爸又在enjoy草地了。

与两女儿

大女儿才开始着急，并很认真地说：爸爸，你真是彻头彻尾的无产阶级。人家有产阶级才不稀罕那一点小房子小草地呢！你还是赶紧坐下来读书写作吧，别在草地里愈陷愈深。大女儿喜欢教训人，可这回，她的教训倒使我愣了一下，然后便觉得这个聪慧的家伙击中了我的要害。真的，我是个无产者，而无产者一旦拥有财产，便把财产捏得紧紧，比资产者捏得还紧，也比资产者更兴奋。这也难怪，受贫穷折磨得太久了，身上一无所有的痛苦记忆太深了，反而更知道拥有的重要，于是，有了财产之后便紧紧地拥抱。想到这里，不觉笑了出来，觉得无产者真的并不是天然的无私者，迷信资产者不对，迷信无产者也不对。

　　经女儿提醒，我才慢慢又坐了下来，只是，像个刚刚戒烟的人，总还是有点烟瘾，所以又是一两个月，写作不太专心。在想到"真理"时总要想到房子，总觉得任何人间真理都与吃饭和住房有关，实在没有出息。

学开车

听说我学会开车，许多朋友都很惊讶，消息竟然传到北京、香港和温哥华，我一连收到好几个电话："你真的会开车了！"其口气均像是听说我要驾驶宇宙飞船上天了。去年夏天，三弟一家来探亲，我开车到丹佛国际机场去接。弟弟见到我会开车，禁不住想笑，在他看来，我坐在驾驶盘前的形象是滑稽的。其实，我自己也几乎不敢相信。我对自己有许多期待，但学会开车，绝对是超乎预期的。

朋友和兄弟都知道我的操作能力实在太差，在五七干校时，大家都学会理发，就我学不会。而之所以学不会，是没有一个朋友愿意拿他们的头发让我试验，他们都不相信笨手笨脚的我会学会理发。后来我学会骑自行车也几乎被视为奇迹。这些经验使我在思考主体结构时变得很具体，我把人的主体结构大致分为三个系统，即认知系统、情感系统、操作系统。有的人认知系统很发达但情感系统不发达，如某些科学家、理论家。柏拉图大概就属此类，所以他崇尚哲学家而排斥诗人，主张精神恋爱。有的则情感系统发达而认知系统不发达，如某些神经质的歌星影星。有些则是认知系统、情感系统发达而操作系统极差，例如好些学问家都不会修汽车，更不用说诗人了。难怪毛泽东要嘲笑知识分子五谷不分，肩不能挑，手不能提。这固然是事实，但嘲笑是没有理由的，因为人确实有主体结构上的差异。我就是属于操作系统极不发达的人，但特别崇拜认知、情感、操作都很发达的"完人"，可惜这种完人难找。

要教会我这样的人学会开车实在不容易。足足有两个月，科罗拉多大学东亚系里的朋友，从教授到研究生，轮番教我，唐小兵、陈戈、王玮等。他们不但有好的方法，而且有耐心和勇气。我自己更需要耐心和勇气。当陈戈第一次把我硬带上高速公路时，我不但紧张得满身是汗，而且很有一点悲壮感。那天夜里，我梦见自己雄赳赳气昂昂地走向为革命献身的刑场，当了烈士。

教练们最后一项课程是准备考试（路试），拿执照。他们说，美国的警察头脑简单，每次路试都是固定的那几条道。于是，他们就带我在那几条道上反复练习，那处左拐，那处右拐，我均记得清清楚楚。可是，考试那天的美国警察头脑并不简单，他一开始就指令我往东开去，与我准备好的往西开的路径正相反。这一下我可心慌了。不过很奇怪，在慌乱中，我竟然按照警察的口令，在一条陌生的路上顺畅地东奔西驰，最后又糊里糊涂地回到原点上。车子刚一停下，我便进入高度紧张状态，等着警察宣布我是否通过，简直像等待最后的判决。"你通过了。""什么？我没听清，请再重复一遍。""你通过了。"美国考官不耐烦地再说了一次。我高兴得紧握黑人考官的手，连声谢谢，谢谢。

拿了驾驶执照回家时，我立即递给母亲和妻子看，而且，连声自我赞叹："真厉害！真厉害！"看到我不断赞美自己，母亲用奇怪的眼睛盯了一下，我知道她在说：怎么这样自夸个没完，写那么多文章也没这么得意忘形过。

我真的有点得意忘形了。立即带着妻子在Boulder城里绕了一圈，然后又在通往丹佛的高速公路上奔驰：真是不可思议，一切都变了，道路怎么变得这么有魅力？Boulder城怎么变得这么小？落基山怎么变得这么近？我的手脚怎么变得这么灵活？甚至完全可以驾驭自己的命运，完全可以驾驭自己的今天与明天。愈想愈得意。看到得意忘形的我，坐在身边的妻子提心吊胆地说："超速了，小心被警察抓走！"回家之后，我才发觉自己一身热汗，而妻子却是一身冷汗。

两个给我力量的名字

到海外之后，有两个诗人的名字，常常给我力量，或者说，有两个诗人的名字，总是在帮助我解脱。一个是歌德，一个是陶渊明。人们通常认为前者是积极的，后者是消极的。但对于我，两个的名字都很积极，都很精彩，都成了我灵魂的一部份。

歌德通过他的浮士德告诉我：人生是一个和魔鬼较量的战场，唯有坚忍不拔的前行者能够获救。浮士德最后超越了世间的苦痛，正是仰仗于他自己不断努力、不断奔的精神。他死时，拥着他升入苍穹的天使唱出长诗的精神主题：

唯有不断的努力者，

我们可以解脱之。

歌德通过他的伟大诗篇，安慰了所有勤劳的灵魂，并告诉人们：唯有永恒的努力可以使人生赢得自由。每次想到歌德，我就有力量，就想做事。十多年前，文学研究所的年轻朋友靳大成与陈燕谷在《刘再复现象批判》中把我比作不知停顿的浮士德，一直使我难忘。

与浮士德的永不满足的精神相比，陶渊明好像已经满足于心远地偏的小天地之中。其实不然，他也有追求。他追寻的是蕴藏于日常生活中的永恒之美。如果说歌德给人以崇高美（壮美）的启迪，那么，陶渊明则给人以平凡美（优美）的启迪。陶渊明寻求人生解脱的方式，是一种东方式的最简单的办法，这就是在最平淡的生活中保持自己的理想、情操和心灵的平静与快乐。歌德认定人只有不断进取才不会被魔鬼所俘虏，而陶渊明则认为只有守住心灵的自由与宁静，不对身外之物，才不会被魔鬼所征服。歌德与陶渊明的区别，乃是英雄式人生与常人式人生的区别。前者可以作为史诗时代的符号，后者可以作为散文时代的符号。现代社会乃是没

与马悦然在一起（2001年）

有英雄没有伟人没有轰动效应的散文时代，它似乎更需要陶渊明那种善于在平淡无奇的生活中保持高尚审美情趣的心灵。我愿意把陶渊明视为另一意义的英雄。

歌德的浮士德精神与陶渊明的桃花源精神，是人生方式的一对悖论，两者均有充分理由。无论是选择哪一种，只要觉得自己的选择乃是真实的生命存在就好。歌德的自强不息是真实的，陶渊明的自乐无求也是真实的。他们都把人生放置在很美很丰富的境界中。

以往我只觉得当浮士德难，现在觉得当陶渊明亦难。在海外八年，我常读陶渊明的诗，并和他一样过着最简单的生活，这才发觉，简单的生活并不简单。要在简单的生活中保持高尚的理想和情操，要在平淡的生活中保持心灵的平静、安详和自由，是需要力量的。需要抗拒外界压力和诱惑的力量。魔鬼并不仅仅与浮士德似的英雄打赌，他同样也不放过在田园里从事耕作的人们。他先是让这些人陷入极端的孤寂之中，然后调动人间各类势利的眼光来照射他们和嘲弄他们，最后又用功名、地位和各种世俗的荣耀来诱惑和煽动他们的欲望。要抵御这一切，并不容易。它除了需要知识力量、意志力量之外，更需要耐得住寂寞与耐得住清贫的人格力量。因此，陶渊明的平凡平淡，似乎简单，其实并不简单。

海德格尔激情

在科罗拉多州，除了在波德附近的朋友之外，稍远一点还有两位好友，一位是在一百多公里之外的李泽厚，居住在Colorado Spring；一位是在三百公里之外的吴忠超，居住在Grand Junction。忠超兄已到过我家两次，他邀请泽厚兄和我到他那里去玩玩。他所属的城市周围有神秘的黑峡谷，有著名的Arches国家公园，有别具风韵的滑雪名城Aspen。今年4月初，泽厚兄游兴极高，就约我一家到忠超兄处。为了安全，忠超和他的爱友——《黑洞与婴儿宇宙》的译者之一杜欣欣，特地来接我们，让我和菲亚坐在他们的车上，由欣欣开车。而李泽厚则自己驾车跟在我们的车子后面，边上坐着他的夫人马文君。此行必须驱车四百公里，中间又有横穿落基山脉的崎岖山间道路，我们担心的是李泽厚，他的智商虽极高，但开车技术却属中等偏下。开车之前，忠超和欣欣一再嘱咐：紧跟着我们，别走到岔路上去，有什么问题，打信号灯！但李泽厚很自信，一路开快车，先是紧跟着，后来竟独自高速前进，超越我们，直奔目的地。我们的车速已达时速一百公里，他居然还往前超，最后他先到达Grand Junction，在城边的岔口上等了我们整整二十分钟。见面时马文君大姐埋怨说：今天我可生气了，开得那么快，心都快跳出来了。但李泽厚很高兴，他为自己创下飞奔四百公里的纪录兴奋不已。对着生气的马大姐，我指着李泽厚调侃说：泽厚兄的海德格尔激情上来了，这激情一上来就不怕死。李泽厚听了并不否认。我知道他在20世纪的哲学家群中认为海德格尔最了不得，海氏的哲学显然占据他的头脑。海德格尔认为一切都可能是虚假的，唯有死亡是绝对真实的。这是人生不确定中的确定。因为人必有一死，所以要面对死而把握生的意义，在短暂的人生中不妨往前冲击。今天李泽厚冲锋般的奔驰在高速公路上，潜意识里也许还澎湃着海德格尔的"向死而生"的哲学。

也许因为我提起海德格尔激情，这一天晚上，我们除了享受一顿中国美餐之外，又热烈地谈论了一阵海德格尔。李泽厚果然承认，读海德格尔的著作确实常使他激动不已。知道死乃是未定的必然，才能把握充满偶然的人生，在有限的生命时间中努力进击。孔夫子的哲学是"未知生，焉知死"，而海德格尔的哲学观念正好倒转过来，变成"未知死，焉知生"。确认人的生命时间很短，知道在死神面前存在意义才能充分敞开，才有勇敢。生中要有理性，但理性是为了使生命更加从容而不是扑灭生命的激情。正因为人最终要化为灰烬，所以生时不妨痛痛快快地燃烧一阵。

带着"海德格尔激情"，我们第二天就直奔位于犹他州东南部的Arches国家公园。这一天还是由李泽厚驾车，我们在山路上奔驰来回二百多公里。到了Arches国家公园后，我们开始攀登十里长的红山崖，把马大姐累得直叫唤，而李泽厚则一路兴致勃勃。这个由无数红砂岩构成的奇地，屹立着各种雄奇的石柱、石塔、石墙、石城，有的像女人私语，有的像英雄徘徊，还有一柱竟像苏东坡在赤壁前仰天长啸。而在各种石景中最奇的是赤红色的石拱门，这里拥有一百多个拱门，每个拱门的姿态都不同，有的像雕弓，有的像石桥、有的像大象鼻子，有的像苍鹰的双翼，有的像巨人的臂膀。每个拱门都有洞，洞框里是蓝天，像大自然美丽的蓝眼睛。我们的目标是山顶上一座最奇崛也最险峻的拱门，拱门之下是深不见底的悬崖。我们沿着陡峭的山路攀登到山尖时，绕过一墙石壁，便见到巨大的拱门顶天而立，如同神话里的雄伟天门。我因为素有恐高症，见到这一扇奇门，竟吓出一身冷汗。而李泽厚则往前继续攀登，一直抵达"天门"墙底，然后干脆躺卧在石壁上，惬意地眺望着蓝空白云。学过地理并当过地学编辑的菲亚，更是着魔似的激动，一路上她滔滔不绝地讲述这里的地貌特征，红砂岩来历。她说大约在三亿年以前，由于外力的作用，这里经过风吹雨打日晒，深切割成现在的风貌。中国的地理学者都知道美国中西部的大峡谷和闻名于世的"象鼻子"山，而所谓象鼻子山，指的就是这一座拱门。"他们只是在地图上看到，我可真的来到象鼻子山了。"忠超兄见到她如此高兴，一连给她拍了好些照片。

第二天，三位女子到Aspen游览风景采购山石。而我和泽厚、忠超兄仍带着海德格尔激情驾车攀越城南的另一座高峰。此次仍由李泽厚驾车，忠超坐在边上指路。我们在聊天中，竟不知不觉地把车开到险峻的山腰上。路面的斜度很大，路的边缘是看不见底的悬崖。我从窗口望了一眼山底，便一阵心慌，没想到此时泽厚兄也说：我感到有点心慌，有点把握不住。这可把忠超兄吓住了，他连忙说快找个拐弯的地方把车转过来往下开。可是路面很窄，根本没有地方停。于是，车子只好继续往山顶前行，愈高愈险，我们三个都紧张到极点。直到接近顶峰时才找到一个拐弯处，车子才调转方向往下开。此时，李泽厚的海德格尔激情完全消失了，他双手紧紧把住方向盘，速度降低到只剩下时速十里，然后一步步地"爬行"下来。由于速度过慢，后面的车子被堵住了。到了半山腰，我们才发现警车已跟在背后，他们不知道用什么方法发现我们的车速不正常。警车不断地拉响催促的喇叭，但李泽厚依然把速度放在最低挡，紧紧把住圆盘"爬行"下来。好容易挣扎到山脚下，我们才把车停下等待警察处置。警察是一个长着金色胡子的和善美国人，忠超兄连忙给他介绍，驾驶者是哲学家兼教授，从未开车进入险峰，这是第一次尝试，有点惊慌。李泽厚则拿出驾车执照，表示歉意。警察看到我们三个全是中国书生模样，便微笑着说：你们因为惊慌而违反交通速度，但没有造成损失，不必罚款，但要给你们一张警告纸票。我们三个都异口同声说谢谢，感谢他能理解我们冒险的艰难。

回到家里，我们把冒险的故事讲给女伴们听，她们个个都哈哈大笑，我乘机调侃了泽厚兄的海德格尔激情在山顶上丢失了。说到这里，他一本正经地说：今天在山上有现实的危险性，可不能冲，一冲就冲到山谷底下了，激情也应是有理性的激情。听他这么一说，才想起他在进行历史分析时说过，中国现在应多些波普，少点海德格尔。在生命的感情层面上，本是需要海德格尔激情的，而一旦激情上升到悬崖边上，则需要一点波普了。

岁月几缕丝

第四辑

我对命运这样说

1

还没有记忆的时候，你就闯进我的生活。你是谁？冥冥时空中，何处是你的家乡？哪里是你的归宿？你知道吗？我叩问过一万次关于你的谜。

你跟随着人类，跟随着世纪，来也神秘，去也神秘，歌也匆匆，哭也匆匆。我分明感到你就在身边，为什么看不到你的眼睛，见不到你的身影？

你这有声有色的虚无，无影无踪的实有。我看不见你，但我感到你的呼吸，你的权威。我曾抚摸过你的残暴，也抚摸过你的温柔；曾感受过你的专横，也体验过你的仁厚。我知道你游荡在爱与恨之交，生与死之界，但我看不见你，不知道你是什么模样。

昨夜我在梦里见到你，你仿佛是一个马戏团的戏子，带着小丑的高帽，挥动着枯萎的树枝，戏弄着所有的看客。

古往今来，有人匍匐在你的脚下，有人颤抖在你的面

· 138 ·

前，或作绝望的抗争，或作着希望的祈求，你都无动于衷。你高傲又谦卑，悭吝又豁达。你随时都可以拥抱我，又随时都可以抛弃我。

今日你赠给人们以鲜花，明日你却洒给人们以苦泪。

我和你，总是隔着一层雾。雾中看着你，总有解不开的朦胧，穿不透的模糊，猜不完的玄奥。

2

我的祖先告诉我，你是魔。在遥远的古希腊，人类还处在孩提时代，你就迷乱了人们的眼睛，让他们不认识自己，也不认识自己的母亲，你竟让他们犯下了娶母杀父的罪恶。作孽啊，母亲的怀抱，竟成了万劫不复的深渊。

人类成熟了，你又玩着古老的伎俩，悄悄地跟在人类的背后，等待着他们的失败与迷惘，然后狠狠地把他们俘虏，把他们杀戮。那位和浮士德打赌的魔鬼，不就是你吗？你的心那么冷酷，随时准备爆破孩子砌成的高楼，随时准备审判智慧的错误。

你这货真价实的魔鬼，我已看穿你的面具和面具后的罪录：你把贫穷带给善良的茅屋，把皮鞭交给狂妄的庸夫，把花环赠给无聊的骗子，把洪水带给纯朴的村落。

3

可是，我又听到你的辩护：

我并非魔鬼，而是天使。我有天使的彩翼和眼睛。是我把你带到母亲的怀抱——生命永恒的热土；你一降生就进入温馨的家园，家园里有生命的温泉，洁白的乳汁。因为有这家园，你童年的灵魂，才无须到处漂泊。

俄底浦斯王的罪孽不是我的罪孽，我早已化作神与先知，给他指示和告诫。可是他带着不可遏止的情欲，依然带上忒拜城的王冠。因为我的打赌，浮士德才完成了人生辉煌的征服。人类充满着惰性与邪恶，没有我的皮鞭和赌注，他们宁愿沉睡与满足。

我给采集者献以创造的极乐，给颓废者罚以精神的虚空，给怯懦者安顿在阴冷的墙角，给刚强者展示宽广的道路。所有锲而不舍的寻找者，都是我的友人。我给他们艰难险阻，只是为了激发他们的生命的巨浪；我逼迫他们流下的眼泪，只是为了洗明求索的眼睛。

4

我思索了漫长的时日，无法驳斥命运之神的辩护。

她是谁呢？我说不清。她该半是魔鬼，半是天使；半是狼，半是鸽子；半是我的敌人，半是我的朋友。

　　给我这么多痛苦，给我这么多折磨，给我这么多虚幻的期待，给我这么多实在的战斗。每天都在奔波，但不知道，奔波是为了战胜她给我的厄运，还是为了去接受她给我的诱惑？生命中那些难忘的欢乐，不知道是她的赠予，还是我的汗水的报酬？

　　让她去吧，我不再思索。让她去吧，我不再困惑。我相信她是强大的，但我也并不软弱。我相信我可以成为她的主宰，即使主宰不了，也决不甘心做她的奴仆。我甩开她的阴影，将自己寻找，自己选择，自己掌握。自己造就自己的心灵，自己保卫自己的魂魄。我自己赋予自己以强大的力量，挟着她，让她和我一起追求。即使挟不住她，也不会让她牵着走：让我浩歌而癫狂，我不愿意；让我煮酒而沉沦，我不愿意；让我颂扬命运的铁拳，我不愿意；让我背叛自己的良知，我不愿意；让我停止求索的脚步，我不愿意；让我冻结胸中的火焰，我不愿意；让我对辛勤的园丁和他的花朵求全责备，我不愿意。不管她是魔鬼还是天使，我都不被她征服。不屈服于命运之神的诱惑与调遣，这才是人的生活。

洁白的纪念碑

——读《傅雷家书》

一

翻译家死了，留下了洁白的纪念碑，留下了一颗蓄满着大爱的心。

二

纯真得像个孩子，虔诚得像教徒，比象牙还缺少杂质。

三

把全部爱都注入洁白的事业，像大海把全部爱情都注入了白帆。

四

在莫扎特的曲子中醉了，因为畅饮了善的纯酒。能在善里沉醉的人，才能在恶的劫波中醒着。

五

雪，任凭风的折磨，雨的打击，总还是一片洁白。

六

人的意志可以把雪抛入泥潭，但不能改变雪的洁白的颜色。

七

我爱默默的白塔，翩翩的白鸽、白鹤与白鹭，但更爱洁白的、不被尘埃污染的高洁的心怀。

八

比诗还令我泪下，比小说还动我情感，比哲学还令我沉思。征服人的心灵的，是心灵本身。

九

心灵是文学的根柢。伟大的文学仰仗着心灵的渗透力，把高洁的芬芳注入世界。

十

未能发现心灵的潜流，只能盘桓于文学的此岸，感慨彼岸他人笔底的波澜。

十一

是时代的镜子。显示着一代天骄怎样闪光，怎样凋残，怎样怀着忠诚，至死还对故土唱着忘我的爱的恋歌。

十二

是心灵的镜子，照着它，能使人纯洁，使人文明，离兽类更远。

十三

对着洁白反省，才能清醒地淘汰一切不洁白。

十四

如果我们的土地容不得这样的真金子，那我们的土地一定是积淀了太多的尘埃。

十五

不懂得珍惜水晶心，那是真正的不幸。

十六

粉碎物的珍珠不是悲剧，毁灭心的珍珠才是悲剧，被毁灭的价值愈高，悲剧就愈加沉重。

十七

应当为失去江山国土而忧愤，也应当为失去洁白的心灵而忧伤。

十八

正直的战士，保卫着祖国的森林、海洋、城郭和田野，也应当保卫洁白的心灵和智慧的前额。

十九

纪念碑飞翔了，洁白复归了，我感谢春天母亲的情怀，她懂得爱，懂得珍爱那些和自己的乳汁有着一样颜色的儿女。

《寻找的悲歌》序篇

1

记忆中的那棵相思树已经朦胧，彩云已经褪色。走过漫长的路，才走了开头。

怀想中那棵秋橡树又在微笑，霓霞在前方招手。明天的路还很遥远，沼泽，草原，山谷，何处是我爱的热土、灵魂的归宿？

往昔的日子依依稀稀，明明灭灭，记不清几分繁荣，几分萧索。

逝者悠悠，人生如梦。不知道从哪一瞬间开始，我像沉醉于美酒，竟痴情地迷恋上思索。

不可救药的迷恋，把一个幽灵般的渴念，推入我汹涌的血液，嵌入我热爱的生活：

只要生存着，就要寻找；

只要死神尚未来临，我就要追求。

2

生命被寻找的渴念烧焦了。

生命被岁月的烽烟烧焦了。

但生命的轮子还在不屈地追求。

被烧焦的是幼嫩的骨，年轻的肉。肝胆还没有烧尽，热肠还没有焦透。

生命的一半已经烧焦，我还要用另一半——未烧焦的一半继续寻求。只要血脉里那动荡的江河还没有断流。

3

在那些艰难的日子，为了保卫自己的灵魂，躯壳挣扎得疲惫不堪，支离破碎。

然而，我不能抛弃疲惫与破碎的躯壳。我不能抛弃还带着温热的生命的断片。我的灵魂还要承受着沉重的负载前行，还要承受着疲惫与破碎前行。

4

人生之歌，唱作峥嵘的寻找之歌，歌声里便缺少温柔。

含泪叮咛的慈母，依依惜别的友人，怀我爱我的弟兄，不要祝我一路平安，不要祝我春风满帆。追求的脚底，注定是尘土飞扬，黄埃扑面；寻找的船下，注定是惊涛滚滚，风起浪作。

　　放心吧，沾着泪水的手绢；放心吧，柚子飘香的故土。天涯游子不会沉沦，尽管道路那么坎坷；恋母的旅人不会忘本，他会怀着天长地久的眷恋与牵挂的，尽管此去五湖四海，常有险峻的风波。

读沧海

一

我又来到海滨了，又亲吻着海的蔚蓝色。

这是北方的海岸，烟台山迷人的夏天。我也坐在花间的岩石上，贪婪地读着沧海——展示在天与地之间的书籍，远古与今天的启示录，我心中不朽的大自然的经典。

带着千里奔波的饥渴，带着长长岁月久久思慕的饥渴，读着浪花，读着波光，读着迷濛的烟涛，读着从天外滚滚而来的蓝色的文字，发出雷一样响声的白色的标点。我敞开胸襟，呼吸着海香很浓的风，开始领略书本里汹涌的内容，澎湃的情思，伟大而深邃的哲理。

打开海蓝色的封面，我进入了书中的境界。隐约地，我听到太阳清脆的铃声，海底朦胧的音乐。乐声中，我眼前出现了神奇的海景，看到了安徒生童话里天鹅洁白的舞姿，看到罗马大将安东尼和埃及女王克莉奥佩特拉在海战中爱与恨交融的戏剧，看到灵魂复苏的精卫鸟化作大群的银鸥在寻找当年投入海中的树枝，看到徐悲鸿的马群在这蓝色的大草原上仰天长啸，看到莫扎特和舒伯特的琴键像星星在浪尖上跳动……

就在此时此刻，我感到一种神奇的变动在我身上发生，一种无法言说的谜在我胸中跃动：一种曾经背叛过我自己但是非常美好的东西复归了，而另一种曾想摆脱而无法摆脱的东西消失了。我感到身上好像减少了很多，又增加了很多。只是减少了些什么和增加了些什么，我说不出来。只感到自己的世界在扩大，胸脯在奇异地延伸，一直伸延到无穷的远方，伸延到海天的相接处。我觉得自己的心，同天，同海，同躲藏的星月连成一片。也就在这个时候，喜悦像涌上海面的潜流，突然滚过我的胸脯。生活多么好啊！这大海拥载着的土地，这土地拥载着的生活，多么值得我爱恋啊！

我不能解释自己身上所发生的一切，然而，我仿佛听到蔚蓝色的启示录在对我说，你知道什么是幸福吗？你如果要赢得它，请你继续敞开你的胸襟，体验着海，体验着自由，体验着无边无际的壮阔，体验着无穷无尽的渊深！

二

我读着海。我知道海是古老的书籍，很古老很古老了，古老得不可思议。

原始海洋没有水，为了积蓄成大海，造化曾经用了整整十亿年。造化天才的杰作啊！十亿年的积累，十亿年的构思，十亿年吮吸天空与大地的乳汁。雄伟的横贯天地的巨卷啊！谁能在自己的一生中读尽你丰富而博大的内涵呢？

有人在你身上读到豪壮，有人在你身上读到寂寞；有人在你心中读到爱情，有人在你心中读到仇恨；有人在你身边寻找生，有人在你身边寻找死。那些蹈海的英雄，那些自沉海底的失败改革者，那些越过怒浪向彼岸进取的冒险家，那些潜入深海发掘古化石的学者，那些耳边飘忽着丝绸带子的水兵，那些驾着风帆顽强地表现自身强大本质的运动健将，还有那些仰仗着你的豪强铤而走险的海盗，都在你这里集合过，把你作为人生拼搏的舞台。

你，伟大的双重结构的生命，兼收并蓄的胸怀：悲剧与喜剧，壮剧与闹剧，正与反，潮与汐，深与浅，红与黑，珊瑚与礁石，洪涛与微波，浪花与泡沫，火山与水泉，巨鲸与幼鱼，狂暴与温柔，明朗与朦胧，清新与混沌，怒吼与低唱，日出与日落，诞生与死亡，都在你身上冲突着，交织着。

哦！雨果所说的"大自然的双面像"，你不就是典型吗？

在颤抖的长岁月中，不知有多少江河带着黄沙染污你的蔚蓝，不知有多少狂风带着大陆的尘土挑衅你的壮丽，也不知有多少巨鲸与群鲨的尸体毒化你的芬芳。然而，你还是你，海浪还是那样活泼，波光还是那样明艳。阳光下，海水还是那样清。不是吗？我明明读到浅海的海底，明明读到沙砾，读到礁石，读到飘动的海带。

啊！我的书籍，不被污染的伟大的篇章，不会衰老的雄奇的文采！我终于找到了书魂——一种伟大的力量，一种比海上的风暴更伟大的力量，这是举世无双的沉淀力与排除力，这是自我克服与自我战胜的蔚蓝色的奇观。

三

我读着海，从浅海读到深海，从海平面读到海底我神往的世界。但我困惑了，在我的视线未能穿透的汪洋底部，伟大书籍最深的层次，有我读不懂的大深奥。

我知道许多智勇双全的科学家、工程师和探险家，也在读着深海。他们的眼光像一团炬火正在越过黑色的深渊去照明海底的黄昏。全人类都在读海，世界皱着眉头在钻研着海的学问。海底的水晶宫在哪里？海底的大森林在哪里？海底火山与石油的故乡在哪里？古生代里怎样开始生物繁衍的故事？寒武纪发生过怎样惊天动地的浮沉与沧桑？奥陶纪和志留纪发生过怎样扣人心扉的生存与死灭？海里有机界的演化又有过怎样波澜壮阔的革命的飞跃？

我读着我不懂的大深奥，于是，在花间的岩石上，我对着浪花，发出一串串的海问，从我起伏的热血中涌流出来的海问。我知道人类一旦解开了海谜，读懂这不朽的书卷，开拓这伟大的存在，人类将有更伟大的生活，世界将三倍富有。

我有我读不懂的深奥，然而，我知道今天的海，是曾经化为桑田的海，是曾经被圆锥形的动物统治过的海，是曾经被凶猛的海蛇和海龙霸占过的海。而今天，这荒凉的波涛世界变成了另一个繁忙的人世间。我读着海，读着眼前驰骋的七彩风帆，读着威武的舰队，读着层楼似的庞大的轮船，读着海滩上那些红白相间的帐篷，和刚刚拥抱过海而倒卧在沙地上沐浴阳光的男人与女人。我相信，两百年后的海，被人类读不懂其深奥的海，又会是另一种壮观，另一种七彩，另一种海与人和谐的世界。

伟大的书籍，你时时在更新，在丰富，在进化，一刻也不肯静止。我曾经千百次地思索，大海，你为什么能够终古常新，为什么能够拥有永远不会消失的气魄。而今天，我读懂了：因为你自身是强大的，自身是健康的，自身是倔强地流动着的。

　　别了，大海，我心中伟大的启示录，不朽的大自然的经典。今天，我在你身上体验到自由，体验到力，体验到丰富与渊深。也体验着我的愚昧，我的贫乏，我的弱小。然而，我将追随你滔滔的寒流与暖流，驰向前方，驰向深处，去寻找新的力和新的未知数，去充实我的生命，更新我的灵魂！

又读沧海

一

又是迷人的夏天，又是北方的海岸。又是无边的神秘，又是无底的深渊。又是望不尽的蓝幽幽，又是读不完的白茫茫。

圆月缺了，缺月圆了。已读破了许多圆月，已读圆了许多缺月。

全都写在碧波之上，愤怒与惆怅的文字，思念与告别的文字，绝望与希望的文字；全都写在浪花之上，欢乐与悲凉的乐章，战斗与寂寞的乐章，谴责与忏悔的乐章。

大自然的史诗，千姿万态。透明与混浊的交替，墨黑与柔蓝的转换，放歌与低诉的和谐，全部聚汇在你巨大的生命之上。

是谁赋予你这史诗般的生命呢？大海。

在遥深的底层，在邈远的上空，有谁调动着你，主宰着你，规范着你呢？在缥缈的天涯一角里，真的有一位满头银须的洞察一切的神灵吗？在宇宙的无尽顶端，在万物万有生死转移的冥冥之中，你是否和一颗全知全能的心灵相连呢？

二

我翻阅你的每一页，每一行，细读你字行间那些蓝色的深渊与白色的神秘，但我从未读过上帝与魔鬼留下的踪迹。

我只读到你自己，只读到那深黑色的海心和紫绛色的海魂，那热烈的血与冷峻的血，那主宰着你自己也主宰一切的强大的汹涌与澎湃。

云间已撒下无数次的风雨雷霆，但你照样展示你的万丈波澜；海底已爆发过无数次的火山熔岩，而你依旧是从容不迫，辽阔无边。你随时可歌，随时可舞，随时可沉默，随时可爆发。刚刚还是圆月下的沉默，沉默得像安详的、熟睡的母亲；瞬息间又是沉默中的爆发，爆发得像狂醉的、疯癫的酒神。然而，几个时辰过去，又是一派玛瑙似的透明，一脉绸缎似的蔚蓝。大海，你愤怒时如此长啸，悲伤时又如此动情。你的高歌与呜咽，你的纯情与傲眼，你的豪放与婉约，全都使我壮怀激烈，也使我头颅低垂。

没有一种力量能剥夺你的雄浑与豪强，所有想剥夺你的，都被你所剥夺，所有想吞没你的，都被你所吞没。浪尖上、波峰上、礁石上、沙滩上，全记载着，记载着你的浩浩荡荡的灵魂和不可征服的尊严。

三

大海，我心爱的大书卷。我已读破你的经籍般的深渊，史诗般的广袤，而你的蓝色的目光，是否也穿越我的躯壳，读着我呢？——读着我的身内的大海，那些日夜动荡着的激流，朝夕变幻着的文字，那些已展示和未展示的篇章，带着海的咸味与海的苦味的波澜。

唯有你，变幻无穷的海，可以和人类身内的宇宙相比；唯有你，酷似我心中的世界。一部没有逻辑的诗。一部充满偶然、充满荒谬、充满圣洁的小说。一部在狂暴与温顺、喧哗与缄默、放荡与严肃中不断摆动的戏剧。一部让岸边聪颖的思索与狡黠的思索永远思索不尽、烦恼不尽的故事。

你读到我的海了吗？你读到这些激荡着的诗文和跳跃着的故事了吗？你读到我轻漾的暖流和耸立的怒涛了吗？你读到我紫色的沉思与白色的爆发了吗？请你也如我一样多情，请你常常徘徊在我的岸边，我的沙滩，我的岩角。在我的海里，有温柔的水草，也有刚毅的礁石，还有很美的海村和很美的海市。海村里有太阳的明艳和镰月的朦胧，海市里有浅白的天街和深绿的灯火。还有许多飘动的海旗、海树，和疾翔的海鸥。这一切，这一切都是我灵魂的家园，都是我深藏着的文字和深藏着的生活。

四

大海，我曾多次地走到你面前。我见到了你，但你未必见到我。我不倦地阅读你的浪涛，但你未必发现我的烟波。

我不怪你，我的壮丽而浑厚的朋友。

因为我的海，曾是冻僵的海，曾是干涸的海，曾是垂死的海。

因为我的海，曾是沙漠，被横扫一切的风暴席卷过的沙漠。没有花草，没有森林，没有飞翔的大雁，没有旋转的泉流，只有被风沙打击得非常模糊的、凄凉的脚印。

因为我的海，曾是旱湖，被九个太阳晒干了柔蓝的旱湖。失落了碧波，失落了浪花，失落了喧嚣与骚动，失落了海燕与风帆，只留下沉入海底的恐龙化石和其他古生物的残骸。

因为我的海，曾是废墟，被荒诞的火焰烧焦了生命的废墟。没有生机，没有活泼，没有潮汐与春秋，只有断垣、颓壁与荒丘。这海，连我自己也不认识的海，连我自己也不愿意阅读的乏味的书籍，吸引不了你的蔚蓝色的眼睛，我不怪你。

五

死过的海复活了。沉睡过的海醒了。僵冷的大书舒展了新的一页。

我已重生。我已重新拥有我的大海，拥有海的脉搏，海的呼吸，海的温柔与粗暴，海的愤怒与忧伤，海的妩媚与豪强。

我已重新获得我的海魂，洋溢着尊严、力量和美的海魂，拥有奔驰自由与翻卷自由的海魂。一切一切，都已打下海魂的烙印。黑暗，是崇深的黑暗；光明，是坚韧的光明；忧伤，是高贵的忧伤；奋发，是雄伟的奋发。

大海，你感受到我悲喜交加的复活了吗？你感受到我那丢失的海魂已艰难地回归到我的蓝土地和蓝家园了吗？你感受到我身内的书籍已删去陈腐的语言与陈腐的逻辑了吗？你感受到岸边新月似的眼睛和投射到你身上的新曙般的光芒了吗？

今夜，我带着复活了的眼睛，在星辉抚摸的海堤上，重新阅读沧海，重新阅读你的壮阔与神秘，我将有许多新的领悟。我将用我被风暴打击得更加实在的灵魂，去消化你这伟大书籍的艰深，我将用我在痛苦的寻找中变得冷峻的目光，穿越你的浓雾与阴影，进入你更深邃的底层。我相信我的海和你一样，有强大的、翻卷着激浪的胃，能消化掉坚固的苦难和坚韧的精华，重新赢得健康，重新赢得高傲，重新赢得浩瀚。

我不再彷徨，只要你在我眼前，我就不会虚空，就有望不尽的蓝幽幽，读不完的白茫茫……

苍鹰三题

1

两只苍鹰站立着，像思索着的纪念碑。

山上不长一棵草，连茇茇草也没有。山上没有一朵花，连被太阳烤成黑色的鸡冠花也没有。

这里没有野兽，也没有甲虫和蚂蚁。满目只是漠漠黄沙。啊，火焰山，是你被生命所遗忘，还是你遗忘了生命？

然而，鹰就在这里站立着。坚爪就像钢铁镶嵌在岩顶上。不知道她为什么选择这个地方歇脚？也许是为了烧焦自己，以完成一次寓永恒于瞬间的死亡和更换生命的涅槃；也许是为了实现自己，以向着光洁的穹庐展开更远大的飞翔；也许是为了干净与清白，为了远离被觅食的鸡搅混的烂泥和天葬中那群争夺尸首的枭雄；也许是为了安宁，这里虽然热浪翻滚，但没有浮嚣与聒噪；也许是什么也不为，只因为茫茫天宇下根本就没有路，没有落脚的地方。只有赤条条的火焰山，愿意接受她的漂泊。

她在这里已经站立很久了。我怕凝固的火焰会烧毁她的双脚与双翅，便默默呼唤她快点起飞。但她还是站立着，站立在尚未死寂的地火中。我继续期待着，渴望见到惊心动魄的一刹那，在没有生命的山峰上，有一支强大的生命羽翼，打破时间与空间的死牢，在云端上做着强健的、自由的翔舞。那一定是一幅无比雄伟的图画，一定是一次魔幻似的壮观。

然而，我挥别火焰山时，她还是站立着。她的云端翔舞和山中壮观不知道想献给谁？大约只献给蓝天。我真羡慕蓝天，真羡慕蓝天那永久开放着的眼睛和伟大的、无所不包的怀抱。

2

头顶是喷射的太阳，脚下是滚烫的山尖，她就置身于两股火焰之间。

地火已吞食了所有生命，连生命影子也被扫荡。最后一声狼嗥，在很久以前就消失在群山的记忆里。此刻，唯一的影子，就是她粗糙而单调的影子。

她站立着，并不抬头看看赤裸的岩壁，也不低头看看被沙石包裹着的火焰。她已习惯了，习惯于站立在干旱、荒凉与炎热之中。站立着就是凯旋。她直立的双脚像两根柱石，连同她的身躯，正是火焰山上生命的凯旋门。

她随时都可以俯冲，随时都可以闪电似的直扑云空，但她只是站立着。黄森森的眼睛流泻着一曲孤傲，对干旱、荒凉、炎热全投以轻蔑的光。轻蔑的眼睛，使我想起横眉冷对的鲁迅，想起失聪前的雄狮般的贝多芬。贝多芬就以凝聚着力的轻蔑，战胜了诱惑，把孤独写成英雄的千古绝唱。

3

已经飞越过许多山崖与峡谷，已经穿刺过许多风雨与云雾，双翅已蓄满飞行的倦意。

该找个落脚点，该找一片栖息的树林，该找一处青翠的山坞，然后再做腾飞的梦。

她寻找着，俯瞰着蜿蜒起伏的大地。她的双眼已经苦涩，羽毛时常脱落，身心已经困乏，还是寻找着。然而，总是找不到一片栖息的树林，总是找不到一处落脚的青翠。

羽翼下的这一边是寂寥，是古老的黄沙；羽翼下的那一边是喧嚣，是飞扬的尘土。没有树林，也没有山坞。

听风说，树林在天涯，滋润羽毛的碧绿在白云的深处。

听雨说，山坞在海角，存放心灵的青翠在遥迢的远方。

她只好继续盘桓。千回百转，日升日落。啊，灵魂的故土，羽翼的家园，你在哪里？

突然，她的眼睛明亮了。一个决断使她明亮：不要寻找栖息，只管飞翔。什么地方都可以安身，无论是灼热的沙漠，还是冰封的河川。只要有一双钢铁般的羽翼。

山　顶

　　我望不见山顶，只知道有山顶；然而，我还是要攀登。

　　我望不见山顶，也不知道山顶上有什么。也许那里有翩翩的白鹤，有圣洁的雪莲，有珊瑚似的奇丽的花丛，有鹅绒似的柔美的绿荫。也许什么也没有，只有山顶，只有光秃秃的山顶；或者只有焦土和死草，只有飘曳在山顶上的云雾，甚至只有埋藏在云雾中的前一代攀登者的尸骨，和陪伴着他们的寒冷而凄凉的风（也许还有蜿蜒的蛇，吐着毒焰；饥饿的鬼，唱着摄魂的歌）。然而，我还是要攀登，还是要带着少年时代那种自强不息的刚勇和青春的赤诚攀登。我生命的欢乐源泉，就在这日日夜夜的攀登旅程中。

朝露吟

每一个，每一个温柔的黎明，我都在寻找你，在草叶与树叶上，在刚刚燃烧的花瓣上。

黄回绿转，不管是留驻故园，还是浪迹天涯，我都在寻找你，把昨夜生动的梦和今天最清新的情意献给你。

你出现在最美好的时辰，热爱美好时辰的人们，都喜欢寻找你。那些像早晨一样天真的少男少女，常常在你身边留恋，徘徊，用柔润的目光和你微语。

我曾在故乡的小池塘边，看到一片嫩绿的荷叶，托着晶莹如玉的你，像托着一颗晶莹如玉的心，在晨风中婆娑，大约是在呼唤着曦光，美丽极了！

许许多多的花间草间都有你，它们都把你作为一面小镜，在你身上寻找自己的纯洁。也许是因为被你的泪珠所滋泽，它们的生命才这样的充满芬芳。

我寻找你，也像那一花一叶，把你作为一面镜子，在黎明中梳理自己的心，净化自己的胸襟。我将永恒地寻找着，梳理着，为了使自己的心也像你那样透明，为了在自己的血液里常常飘动着你那纯洁的精灵。

乡 恋

小时候，沉醉在绿意绵绵的草圃，沉醉在水清如银的小河。艳阳下，山坡上，和村里的小兄弟追逐着蜻蜓，采掇山果。我摘下一朵杜鹃花，插在堂妹子的头上——

故乡，你是我童年时代的欢乐。

长大了，远离了家乡，远离了故土。在遥远的北国，对着纷纷飘落的白雪，想起了慈母的白发，想起了爱人的眼泪——

故乡，你是我青年时代的寂寞。

如今，什么都见到了，名园花圃，大厦高楼，近处的轻歌，远处的曼舞。然而，常记得风中的弟兄，雨中的稻谷，不敢在花里奢侈，酒中沉浮——

故乡，你是我中年时代的纯朴。

明天，生命的黄昏就要来临，垂暮的日子没有什么苛求。繁忙中，心事该是连着浩茫的广宇，正直的大街，也该连着寂静的村庄，弯曲的小路。

故乡，如果我的一生不算虚度，此时该可以自豪地对你说——

故乡，我今生今世的归宿。

我找到了那一缕海波

我在北方的海岸，你在南方的海岸。我寄一缕海波给你，你收到了吗？

那一年夏天，那一个月光如水的静谧的夜里，我们在南方故乡的海岸边，和清朗的圆月一起，欣赏着海，寻思着海的远方。你说："假如有一天，你在北国的海岸，我寄一缕海波给你，你能辨认得出来吗？"

今夜，我就在北方的海岸，也有清朗的月光。我在月光下寻找你的诺言，你的信笺。

层层叠叠的海浪从我眼前奔驰而过，一群又一群，都是那么蓝，那么蓝。然而，我终于辨认出来了，终于找到你寄给我的那一缕海波，那一缕遥远的思念。

就是那一缕，就是那一缕最温柔的波，就是那一缕和你的眼泪与微笑一样透明的波，就是那一缕跋涉过千里烟涛依然情意绵绵的波，就是那一缕轻轻地吟着李清照的"知否知否"的波，就是那一缕用儿女的爱意亲吻着祖国海岸的波，就是那一缕带着江南永恒的情思流进我心中的波。

我找到了，找到了那一缕海波，那一缕遥远的思念。我回赠一缕海波给你，你收到了吗？我故乡的朋友，我常常缅怀着的故人。

岁月几缕丝

第五辑

第二人生的心灵走向

——关于人生"反向努力"的思索

一

二十二年前我的生命产生了一次裂变。以那一时节为分界点，我把此前在国内的生活，视为第一人生，把此后在海外的生活视为第二人生。到地球来一回，能赢得两次人生，多了一次人生体验，是很有意思的。

从第一人生到第二人生，整整七十年，我的角色经历了三个阶段的变迁：第一角色是中国的学生与学人；第二角色是中国的漂流者；第三角色即现在的角色，是布满中国血脉的世界公民，或者说，是全人间的游览游思者。第二人生包括第二与第三种角色。说起角色，容易让人想起表演，而我的人生恰恰拒绝表演，它的价值恰恰在于真实，在于全是自身可靠的体验。

第二人生已经经历了二十二个年头。回想海外这段生活，我并不彷徨。尽管开始时我经受过致命的孤独，经历过生命断裂的窒息感，但经历了危机之后，生命又重新获得生机。现在总结一下，觉得第二人生获得三样在第一人生中所没有的东西：（1）获得自由时间。即时间属于自己所掌握，不再被行政与世俗交往所割切；（2）获得自由表述。这是心灵自由，这种自由具有无量的价值。这是我至今拥有灵魂活力的原因；（3）获得完整人格。即不必此处说一套，彼处说一套，在任何场合我都只说情愿说的话，不说不情愿说的话。因为赢得这三样东西，所以我现在可以说，第二人生的生命全属于我自己。近日，加州有一电台访问我，让我说说"幸福密码"。我引用德国哲学家叔本华的话：幸福在于自身之中，而不在他人的喜欢中。中国哲学讲"知命"与"立命"两大命题。知命与认命相对立，认命只消极地接受命运，知命则积极地确认命运是可以自己去掌握的。自己可以掌握自己，这就是幸福。如果知命之后还能进而按照自己的意愿去追求、去实践、去创造，那便是"立命"，这是更大的幸福。"认命"不知这个道理，只好听天由命。

二

此文我无法细说第二人生的种种感受，只想说说第二人生的心灵走向。我一直认为，一个人重要的不是身在哪里，而是心在哪里。也可以说，重要的不是身往哪里走，而是心往哪里走。或者说，心往哪个方向走。如果用立命这一概念来表述，那么立命的根本点就在于"立心"。早期鲁迅有一思想，说"立国"应先"立人"。借用这一语言逻辑，我们可以说，"立命"应先"立心"。我没有"为天地立心"的妄念，但有"为自己立心"的自觉。

此时我要用一句短语来表述我的心灵方向，这就是"反向努力"。也就是说，这二十多年我的心灵走向，不是沿着人们通常理解的那种向前向上的方向去追求更大功名、更高权力、更多财富，而是朝着相反的方向去努力，即向后方、向童年、向童心、向朴质这一"反"方向去努力。我在散文诗中曾说，回归童心，这是我人生最大的凯旋。我甚至给自己规定很明晰的人生目标，确认第一人生是从"无知"走向"有知"，即通过上学、读书、受教育、做学问，以从一个蒙昧的孩子变成一个有知识、有学问的人。而第二人生正好相反，我要努力做一个人，努力从"有知"变成"无知"。所谓"无知"是指"不知"，即变成一个像婴儿那样不知算计、不知功过、不知输赢、不知得失、不知仇恨、不知报复、不知生存策略、不知恩恩怨怨的人，也就是回到庄子所说的"不开窍"的"混沌"。庄子所讲的"混沌"，乃是天地之初、人生之初的本真本然。

这就是我的"反向努力",第二人生的心灵走向。新世纪(21世纪),我写给自己的备忘录,便是"提升反向意识"六个字。我曾借用希腊伟大史诗的意象来描述这种努力。希腊史诗包括《伊利亚特》与《奥德赛》。这两部史诗概说了人生的两大基本经验:《伊利亚特》象征着出击、出征;《奥德赛》象征着回归、复归。人们通常认为出征难,回归易,其实不然。回归其实是最难的,回归的路上充满艰难险阻、妖魔鬼怪。就我个人的经验而言,有两点重要的体会:(1)回归包括身的回归与心的回归,而心的回归比身的回归更难,但人生境界的提升,其关键是心的回归。(2)多数人可以实现身的回归,但实现不了心的回归。也就是说,多数人在有了功名、权力、财富之后就回不去了,回不到童年时代那一片天真天籁了。去年4月,我的母校厦门大学举行建校九十周年的校庆纪念活动,校长朱崇实请我回去当演讲嘉宾。我在演讲一开始就感谢朱崇实校长帮助我完成"奥德赛之旅"。不过,这只是身的奥德赛之旅,至于心的奥德赛之旅,则只有我自己明白。我知道内心的奥德赛之旅可不是坐上飞机做一次"孔雀东南飞"即可,它需要修炼,需要放下,需要经受内心的挣扎与痛苦的抉择。

　　我们这个时代，是欲望燃烧的时代。对于中国来说，是国家最强盛的时代，但也是功名心最严重的时代。中国的唐代也如此，既是国力强盛的时代，又是功名心膨胀的时代。哪怕是天才诗人如杜甫、李白、王维等也难免俗。在当下这一时代里，知识分子要放下功名利禄很难。对于世界来说，人类则是进入欲望最疯狂的时期。地球向物质倾斜，鲁迅发现的"文化偏至"（即朝向物质、技术、机器片面发展）现象已变本加厉到了极端。在此语境下，全人类正在发生集体变质，变得愈来愈贪婪，以至变成另一种生物，即"金钱动物"，并共同崇奉一种宗教，这就是"金钱拜物教"。巴尔扎克早就预言，世界将变成一部金钱开动的机器，真不幸而言中了。在这样的历史场合中，俗气的潮流覆盖一切，市场无孔不入，人们的神经被金钱紧紧抓住，心里充塞着的全是金钱数字。因此，有力量放下物质欲望而回归生命本真本然更不容易。

三

　　产生"反向意识"，选择"反向努力"，这是体验的结果，也是读书的结果。就读书而言，我要特别感谢一个人，一个伟大的先贤，这就是老子。老子在《道德经》（此处悬搁争论，姑且认定《道德经》的作者唯有老子）中第一次提出"反者，道之动"的哲学理念和"复归"的伟大思想，即"复归于朴"、"复归于婴儿"、"复归于无极"等观念。这种复归思想从根本上启迪了我，让我明白在人生的后期要及时地注意"反向努力"。幸亏有他老人家的指示，我才确定了心灵的大方向。我一再对朋友们说，老子的"复归于朴"、"复归于婴儿"，一句顶一万句，句句是真理，句句是我们应当牢牢记住的生命密码、幸福密码。我在香港、台湾开设"阅读老三经"的课程，去年回国又作了十几场演讲，在厦门大学、汕头大学、四川大学、泉州师范学院也作了同一题目的演讲。在讲述中，我对"复归于朴"作了三个层面的解说，通常人们只讲"回归质朴的生活"这一层面，当然没有错。告别奢侈，回到朴素的生活，这确实重要，尤其是在纸醉金迷花天酒地的当今年代。但还讲了第二个层面，这就是回到"质朴的内心"。我认为，一个人最难的是当他拥有功名、财富、权力之后还要回到质朴的内心。功名愈大、权力愈大、财富愈多，要回到质朴的内心就愈难。我们能看到几个皇帝、国王、总统、亿万富翁回到质朴的内心？倒是有些作家、诗人、艺术家，他们永远拥有童心、拥有质朴的内心。像曹雪芹、托尔斯泰等都是这样的人，至死都持有这样的内心，这是最值得他们骄傲的。"复归于朴"还有第三个层面，这就是"回归质朴的语言"。文化大革命中，我国的语言发生了变质，出现了大量的套话、大话、废话、谎话，甚至出现了"语言暴力"和"语言欺诈"（诡辩）。文化大革命在政治层面上结束了，但在语言层面并没有结束，现在仍然有"语言暴力"和"语言诡诈"现象，连教授也讲粗话、脏话，完全失去语言的质朴与文明。

老子的《道德经》，曾被阅读为"反智论"（"智慧出，有大伪"）、"反知论"，但如果把老子的"反智"论述放在第二人生的从"有知"到"无知"的反向过程中去理解，倒是可以获得不知得失的"混沌"心境。当然，我们不能让我们的孩子误认为不要读书、不要知识，他们需要的是从"无知"到"有知"的正向努力。人生在不同的阶段中应有不同的人生目标，这是不言自明的道理。

四

"反向意识"与相应的"反向努力"，除了对于我个人的生命状态产生巨大的良性影响之外，还帮助我进入《红楼梦》以及《水浒传》、《三国演义》的精神内涵的深处。2005年和2006年我在香港三联与北京三联出版了《红楼梦悟》，之后又出版了《共悟红楼》、《红楼人三十种解读》、《红楼哲学笔记》，通称"红楼四书"。我不是把《红楼梦》作为研究对象，而是作为生命体认对象即心灵感悟对象。这两种方法很不相同。作为研究对象，主体与客体是分离的。所谓研究，便是主体对客体的把握。而作为生命体认对象，则主客融为一体，"心心相印"。用诗人何其芳的语言表述，便是"以心去发现心"。也就是以我自己的心灵去感悟《红楼梦》人物尤其是主人公贾宝玉的心灵。因为我守持本真之心，所以才能发现和理解贾宝玉那颗世界文学中前所未有的最纯粹最质朴的心灵，才能发现《红楼梦》是王阳明之后的一部最伟大的"心学"（不过，它不是思辨性心学，而是意象性心学），也才能发现《红楼梦》的哲学要点之一是"心灵本体论"（我讲述的《红楼梦》哲学要点包括"大观视角"、"心灵本体"、"中道智慧"、"灵魂悖论"、"澄明境界"等）。贾宝玉是一颗心，其文学形象是心灵载体。贾宝玉是个"富贵婴儿"，他的内心是一个无比广阔、无比光明的"婴儿宇宙"，它蕴含着人类心灵最真最善最美的一切。不仅具有充分的人性，而且具有处污泥而不染的神性。这颗心灵五毒不伤，没有世俗生命的种种机能，如仇恨机能、嫉妒机能、算计机能等等，唯有审美功能。他处于荣华富贵之中而不知荣华富贵，身为贵族公子而不知贵族公子。完全是一种"无知"、"混沌"的心灵状态。他有一颗"平常心"，连身为王妃的姐姐回家省亲，个个惊喜万状时他也还是一颗平常心。他受宠不惊，受辱也不惊，被父亲打得半死没有一句怨言。他就是那样一颗心，但要真正读懂这颗心并不容易，需要读者也有接近这颗心的质朴灵犀。所以我除了要感谢老子的帮助之外，还感谢惠能、马祖道一等禅宗大师的帮助。他们帮助我认识了所谓道正是平常心（"平常心是道"）。有了平常心，才有内心的质朴和内心的自由，才能在苦难面前不惊不恐，在成就面前不骄不傲。我们的心灵方向，应当走向贾宝玉，而不是走向贾雨村，也不是走向贾政。

我之所以写作《双典批判》，对《水浒传》与《三国演义》展开毫不含糊的批判，也正是感到这两部小说的精神指向和自己的心灵方向完全相反。《三国演义》作为中国心机、心术、阴谋、权术的大全，它给世道人心以根本性破坏。可是中国人常以三国中人和水浒中人为楷模去争取英雄事业。在《双典批判》中，我批判了"造反有理"的大命题，并非认为造反全无道理，而是不赞成"凡是造反使用什么手段都合理"这一逻辑。我认定，"手段"比"目的"重要。手段重于目的，大于目的。残暴的手段不可能有真正伟大的目的，血腥的手段不可能建构真正的"太平天国"。甘地、托尔斯泰之所以坚守"非暴力"理念，实际上也是把"手段"看得比"目的"更重要。至于《三国演义》，为了一个"皇权正统"的目的而用尽心机心术，把千百万生民抛入血流成河的战争之中，更是荒唐。我的心灵反向努力，正是反《三国演义》的方向。《水浒传》虽没有太多机心，却有可怕的凶心和黑暗的手段。李逵杀婴儿（杀四岁的小衙内），这是一个巨大的象征，它对我的心灵产生极大的刺激和打击。我的心灵走向，既要告别刘备和曹操，也要告别李逵和武松，然后朝着他们的相反方向走。老子说，"反者，道之动也"，我的反向努力，符合道德运动的规律，并非别出心裁。

2012年2月4日于美国

童心百说

——关于童心的100自语笔记

1

对着稿纸，我于朦胧中觉得自己书写的并非文字，一格一格只是生命。钱穆先生把生命分解为身生命与心生命，我抒写的正是幸存而再生的心生命。心生命的年龄可能很长，苏格拉底与荷马早就死了，但他们的心生命显然还在我的血脉里跳动着。此时许多魁梧的身躯还在行走还在追逐，但心生命早已死了。都说灵魂比躯壳长久，可他们躯壳还在，灵魂却已经死亡。不是死在老年时代，而是死在青年时代。心灵的夭亡肉眼看不见。我分明感到自己的心生命还在。还在的明证是孩提时代的脾气还在，那一双在田野与草圃寻找青蛙与蜻蜓的好奇的眼睛还在。不错，眼睛并未苍老，直愣愣、滴溜溜地望着天空与大地，什么都想看看，什么都想知道。看了之后，该说就说，该笑就笑，该骂就骂，一声声依旧像故乡林间的蝉鸣。无论是春的蝉鸣还是秋的蝉鸣全是天籁。

2

我真幸运，和明代的异端思想家李卓吾竟是同乡。他走过的许多开满野蔷薇与映山红的乡间小路我都熟悉，都感到格外亲切。他在流浪中飘落散失的基因说不定有几粒潜入我的血液。要不我怎么会那么喜欢曹雪芹笔下那些自我放逐的"槛外人"？20世纪70年代，当我穷得"囊无一钱守"的时候，还是买下他的《焚书》与《藏书》。他的《童心说》成了我人生的一部伟大的启示录。因为读他的书，我才发现我的家乡有一颗太阳般迸射着思想的灵魂。这颗灵魂的名字就叫李卓吾。从少年时代到今天，我在冥冥之中一直听到他从万物之母的怀中发出的呼唤：同乡兄弟，我的"童心说"献给我的同一代人也献给你的同一代人，特别是要献给你。你的生命快要被堆积如山的教条窒息了，你的天真快要被浓妆艳抹的语言埋葬了。你正在被概念所裹胁，正在迈向布满死魂灵的国度。救救你的天真，救救你的天籁！往回走，返回你的童心，返回你的质朴，返回清溪与嫩柳滋润过你的摇篮。你是无神论者，云中的天国不是你的归宿，但地上的天国属于你。地上的天国就是你的天籁世界，童心就是这天国的图腾。

3

准确无误，我听到伟大同乡的呼唤，如同天乐般清晰而响亮的野性呼唤：努力做一个人，努力成为你自己。家乡的思想家在黑暗的年代里像高举星辰似的高举过人类的本真本然之心。温柔的、亮晶晶的心灵把拥有百万大军的庞大帝国吓坏了。帝国的监狱在京城的郊区堵住他的嘴，困死了他的生命，妄图一举消灭他熊熊燃烧的思想。然而，帝国失败了。当帝国溃灭的时候，我老乡的学说却跨越时间的边界走进曹雪芹的眼睛，还走到今天，一直走到我的笔下。

4

让我礼赞你，《焚书》与《藏书》的作者，英勇的老乡，"童心说"的第一小提琴手。你孜孜求真，厌恶"假人"和假人的把戏。假人胸中只有本能的心脏，没有本真的心灵。假人有声，但不是心声，而是肉声。道学太沉重，对人的要求太多，太多而做不到，就伪装，就作假，就言假言，事假事，文假文。你发现王朝中有个假人国，你的童心对着假人国跳着、笑着、骂着，文字摆开堂堂之阵，正正之旗，旗帜站立着飘拂着，哗啦啦在高空天宇中响动着，响了将近五百年。

堂堂正正。心中无邪，身外无求，形上无垢。顶天立地向着假人国挑战：谁敢邀堂堂而击正正？何等气派！童心就是力量。童心是比权力帝国更有力量的力量。

5

回归童心，你启迪我两个向度：一是回到从母腹中诞生下来的那一刻，回到刚降临人间时那一脉黎明似的柔和的目光；二是回到故国文化的精神家乡，回到《山海经》那一片蓝苍苍与绿茫茫，还有苍苍茫茫所负载的最本真、最本然的故事。

我的形而上假设，不在天上，而在地上：在第一次张开的婴儿眼睛之中，在母亲赋予的原始混沌之中，在女娲、精卫、夸父等英雄的大气与呆气之中。修炼修炼，不是修向成熟，而是修向鸿蒙时代的勇敢与傻乎乎，知其不可为而为之。

6

诗正在被权力所凌辱，被道学所歪曲，被金钱所欺压，被语言所遮蔽。

文学正在失去真思真想真情真性，诗就要死了。面对文学的枯竭，诞生于家乡的异端思想家大声疾呼：回归童心！

胸中有如许无状可怪之事，不妨痛痛快快地叙述；喉间有如许欲吐而不敢吐之物，不妨痛痛快快地倾吐；口头有许多欲语而莫可以告语之处，不妨痛痛快快地说出。发狂大叫，流涕恸哭，向人世掷出响当当的真言真语真话。并非句句是真理，但句句发出热腾腾的内心。

7

秘鲁作家胡安·拉蒙·里维罗（1929—）如此表述：作家不可能成熟，他们应当永远追随孩子。"岁月使我们离开了童年，却没有硬把我们推向成熟。……说孩子们模仿成年人的游戏，是不真实的：是成年在世界范围内抄袭、重复、发展孩子们的游戏。"（引自《世界散文随笔精品文库》《拉美卷》第221页，中国社会科学出版社，1993）我喜欢这句话，是因为我知道自己过去的所作所为和今后可能的所作所为，全是人生的初稿。初稿而已，一切都不成熟。我害怕成熟的圆滑，成熟的虚伪，成熟的世故，成熟的"瞒和骗"。

8

到处寻找天才，却常常忘记身边有一群天才，这就是孩子。"孩子是未被承认的天才"，俄国的诗人沃罗申

（1877—1932）早就这样说。他在1903年写的一首无题诗常让我吟诵：让我们像孩子那样逛逛世界／我们将爱上池藻的轻歌／还有以往世纪的浓烈／和刺鼻的知识的汁液／梦幻的神秘的吼叫／把当今的繁荣遮盖／在平庸的灰暗的人群中间／孩子是未被承认的天才。（引自《俄国现代派诗选》第208~209页，上海译文出版社）孩子是天才，天才又都是孩子。不错，天才是永远不知世故和拒绝世故的孩子。孩子的眼睛不被权力所遮蔽，也不被功名、财富所遮蔽，一眼就能看穿人间厚重的假面，所以是天才。

9

鲁迅说王国维老实得像条火腿。20世纪初期的先知型天才，却像个傻子。王国维说，诗人乃是赤子。他自己正是个赤子，正是个婴儿。他投进昆明湖，不是被历史所抛弃，而是把历史从自己的生命抛掷出去。婴儿最傻，但感觉最灵敏。

10

上一个世纪之交的俄国诗人尼古拉·马克西莫维奇·明斯基（1855—1937）用他的诗表达了一种人生感受：给予辛劳不已的人生以安慰的，不是来自哲人的著作，不是来自诗人甜蜜的杜撰，不是来自战士的赫赫功勋，也不是来自禁欲者的苦苦修炼，而是来自美好生命的回归："心灵完成了一个伟大的循环／看，我又回到童年的梦幻。"（引自《俄国现代派诗选》第97—98页）在诗人生命的循环链中，晚年不是落入衰朽，而是与朝日般的童年重新相逢。在《远游岁月》中，我写了"二度童年"，感受到的是，人可以有数度童年，可以有多次诞生。每一次诞生都会给生命带来新的黎明与朝霞，新的生命广度与厚度。每一次内心的裂变都给人带来两种方向，一种是走向衰老，一种是走向年轻。能够走向童年，是幸福的人。在裂变中扬弃过去，告别主体中的黑暗，及时地推出一个再生的内宇宙。

11

人的最后一次诞生与死亡相接。然而，如果最后一次诞生是回归童年，那么，它首先是与儿时的摇篮相接。许多死者在临终前看到儿时那个赤条条的自己，遥远的过去的自己，而那正是诗人的未来。一个在世俗势力包围中的诗人，他所向往的未来，正是过去，正是幼年时代那个未被世俗灰尘所污染的生命的黎明。

12

　　流亡到美国的俄罗斯诗人布罗茨基说：诗天然与帝国对立。人类的童心也天然与帝国对立，尤其是与强大而不诚实的帝国对立。帝国的基石是权势与权术。人间最无诗意的也正是权势与权术。古罗马帝国和希特勒的第三帝国，还有斯大林的革命大帝国，都已成了废墟。但诗还在，人类的童心还在。诗与童心在人类行进史上至少已凯旋三回。当三大帝国进入墓地的时候，诗与童心却依旧在大陆与大洋中吞吐着黎明。天下之至柔与天下之至坚的较量永远不会停止，但胜利总是属于至柔者，因为人类毕竟是热爱诗意的栖居。

13

　　把呼唤生命之真的童心说视为异端，那是帝国的界定。知识的背后常常是权力。被视为异端的未必是邪说。所以我要像茨威格那样呼吁：给异端以权利。哪怕你不同意异端的内涵，也该保卫异端的权利。灵魂的主权神圣不可侵犯。我常念着俄国思想者赞米亚亭的话：异端是人类思想之熵唯一的救药。尽管这药是苦涩的，但它对人类的健康是必须的。尤其是对于灵魂的健康。如果没有异端，也应当创造出异端。然而，权势者总是砍杀异端，连我的伟大同乡李卓吾也给扼杀了。

14

　　童心并不只属于童年。形而上意义的童心属于一切年
龄。我喜欢老顽童，他们至死还布满着生命的原始气息。歌
德到八十岁还热烈地爱恋着，诗人的生命永远处于恋爱中，
永远处于追求中。没有恋情不会有诗情，广义的诗歌都是恋
歌，包括对山川土地蓝天的眷念。道德家们只会对着歌德摇
头，摇动的眼睛看不见白发覆盖下那些活泼的精灵。诗人最
可引以为自豪的，便是他永远是个沙滩上拾贝壳的孩子，到
老也带着好奇的眼睛去寻找海的故事。痴痴地寻找着，以致
忘了世俗世界的逻辑与秩序。

15

　　常常想起《末代皇帝》最后一幕：溥仪临终前回到早
已失去的王宫。经历过巨大沧桑之后的溥仪已经满头白发，
然而，他的童年却在沧桑之后复活了。他最后一次来到无数
眼睛羡慕的金銮殿。此时，他没有伤感，没有失去帝国的悲
哀，没有李后主的"流水落花春去也"的慨叹。他一步步走
上阶梯，走近王座，然而，他不是在王座上眷恋当年的荣华
富贵，而是俯身到王座下去寻找他当年藏匿着的蟋蟀盒子。
盒子还在，蛐蛐还蹦跳着，这是他一生中最美好的瞬间。一

切都已灰飞烟灭，唯有这点童趣还活着。小盒子里有蛐蛐，也有他自己。当别人在欣赏王宫王冠的时候，他，皇帝本人，却惦记着大自然母亲给予他的天真。这活生生蹦跳着的蟋蟀比镶满珍珠的王冠还美，一切都是幻象，唯有孩提时代的天趣是真实的。人生要终结了，一个帝国的皇帝最后的梦想不在天堂，而在藏匿于王座下的蟋蟀盒子。小小的蟋蟀盒子，拆解了世俗世界的金字塔，拆解了权力与财富的全部荣耀。

16

秦王朝的丞相李斯，原是上蔡的普通百姓，后来却登上朝廷的尖顶，拥有天子之下最大的权力与荣耀。他自己身居相位，几个儿子也跟着无比显赫，并且都娶秦公主为妻。当了三川郡守的大儿子回家省亲时，他大摆酒宴，朝廷百官争先朝贺，停在门前的车驾有千数之多。可是，在政治较量中他因为败给赵高而落得腰斩咸阳，死得很惨。临死之前，埋藏在他记忆深处的天真突然醒来，他对儿子说：我想跟你再牵着那条黄狗，同出蔡东门去追野兔，还能办到吗？他在人生的最后瞬间，才发现生命的欢乐并不在权势的峰顶上，而是在大自然的自由怀抱之中。陪伴皇帝在宫廷里用尽心机，不如陪伴着狗在原野上追逐野兔。李斯在死亡时刻，突然意识到生命最后的实在，可惜已经为时太晚。

17

　　丰子恺一辈子研究孩子，他说孩子的眼光是直线的，不会拐弯。艺术家的眼光如同孩子，但需要有一点弯曲。孩子眼里直射的光芒能穿透一切，包括铜墙铁壁。什么也瞒不住孩子的眼睛。安徒生笔下的孩子眼睛最明亮，唯有他，能看穿又敢道破皇帝的新衣乃是无，乃是空，乃是骗子的把戏。王公、贵族、学者、论客、将军、官僚，眼睛都瞎了，装瞎也是瞎。孩子在瞎子国里穿行，孩子在撒谎国里穿行，像太阳似的照着瞒和骗。一旦发现瞒与骗，孩子的眼睛鼓得圆滚滚，然后发呆，然后迷惘，然后惊叫，然后呐喊。我们要给孩子的眼睛以最深刻的信任。

18

　　贾宝玉含着那一块通灵宝玉和带着女娲时代那一双原始的眼睛来到人间了。宝石亮晶晶，眼睛亮晶晶，于是，眼睛看见朱门玉宇下生命一个一个死亡，钟灵毓秀一片一片破碎。那些最真最美的生命与权贵社会最不相宜，死得也最早。世界的老花眼，怎么也看不惯晴雯和林黛玉。

无端的摧残，无声的吞食，贾宝玉看见了；情的惨剧，爱的毁灭，贾宝玉看见了。世人的眼睛看见金满箱，银满箱，帛满箱；宝玉的眼睛却看见白茫茫，空荡荡，血淋淋。宝玉的眼睛直愣愣，满眼是大迷惘，满目是大荒凉。贾宝玉其实是个永远不开窍的混沌孩子。

19

一直记得英国作家赫胥黎（Aldous Huxley）的大困惑和他对世界所发出的提问：为什么？为什么人类的年龄在延长，而少男少女们的心灵却在提前硬化？为什么？为什么那么多少男少女刚走出校门心灵就已僵冷？为什么？为什么那么多年轻的孩子在动脉硬化前四十年身心就麻木？这是为什么？为什么人类尚未苍老就失落了那一颗最可爱的童心？赫胥黎面对着的是人类生命史上最大的困惑。他写着写着，写了《滑稽环舞》，写了《知觉之扉》，还写了《美丽新世界》。什么是美丽新世界？那是少男少女以及整个人类的童心不再硬化的世界，那是童心穿过童年、少年、青年时代而一直跳动到老年时代的世界。人们只想到动脉硬化、血管硬化，有多少人想到童心硬化、青春硬化、灵魂硬化呢？"童心不再硬化"，变成诗人的梦与呼告。让我们回应这诗的呼告。

20

18世纪思想启蒙家卢梭发出警告：人类正在提前堕落，青春期野蛮而残酷。青春生命本是最慷慨和最善良的生命，他们既最爱别人，也最让别人爱。然而，青春王国正在崩溃，青春的眼睛变得阴冷，瞳仁里散发着寒气。20世纪菲尔丁通过他的《蝇王》再次警告：世界正在失去伟大的孩提王国。一旦失去这一王国，那是真正的沉沦。然而，人类忽略了卢梭与菲尔丁的警告。所以此刻我们不得不又敲响警钟：人类的童年正在缩短。不仅枪械、毒品入侵了孩提王国，而且堂皇的"科技"也在吞没人生的黎明，孩子已变成电脑的附件和善于算计的机器。孩子们正在失去星辰、月亮、山脉和整个大地整个大自然。

21

贾宝玉看见金钏儿投井死了，看见晴雯含冤含恨死了，都是被自己母亲逼死的。本该是大慈大悲的母亲，本该是温情脉脉的母亲，本该是拥抱天下一切儿女的母亲，这回也逼死无辜的孩子。母亲也杀人。贾宝玉亲眼看到母亲也杀人！这是比一切凶残更加令人恐怖的凶残。他绝望了，发呆了，他不能在母亲的府第里再居住下去了。他不能生活在一个连母亲也变成凶手的人间。告别故园，告别自己爱恋过的土地，他远走了，逃亡了。逃亡者身内还有天真，天真者承受不了那个简单的事实：母亲也杀人。看过母亲杀人的眼睛永远带着大迷惘。

22

莫言的《酒国》里有一种婴儿的宴席。酒国的名菜是孩子肉制成的"红烧餐"。肉里伴着许多令人心醉的香料。香喷喷的婴儿肉使酒国金满天下银满天下誉满天下。这个酒肉泛滥的城市，公民们培育婴儿，然后拍卖婴儿，然后杀戮婴儿，然后烹饪婴儿和烧烤婴儿，然后制造具有酒国特色但没有血色也没有血痕的婴儿盛宴。来自四面八方的高等食客们品尝着婴儿肉，唱着醉醺醺的酒歌。歌声里带着人肉味。醉着的歌者不知道是婴儿肉，法律上没有罪。所谓忏悔意识，就是要他们知道自己无意中进入共犯结构，进入吞食婴儿的筵席，在良心上应有罪的感悟。

23

孩子无需包装，孩子无需面具。我真喜欢金庸《射雕英雄传》中的老顽童周伯通，永远不知人间势利的老孩子。

他拾到一个面具，一个玩物，高兴极了。他不知道面具是什么，只觉得好玩。人的脸面还需要遮拦，好玩；人的真相还需要掩盖，好玩。面具是人的异化物，它对于老顽童永远是陌生的，奇异的。他不知道，人间已布满面具，连庞大的学说也成了面具。没有面具就不能存活，在政治塔尖上左右逢源的风流人物，至少有一百副面具。可惜中国的周伯通快灭绝了。想了好久，想不出几个老顽童的名字。

24

"揭穿假面具是最痛快的事情！"这是瞿秋白临终前的精彩话语。瞿秋白在生命最后的时刻，完全是一个天真的孩子，他坦白说："我始终戴着假面具。我早已说过，揭穿假面具是最痛快的事情，不但对于动手去揭穿别人的痛快，就是对于被揭穿也很痛快，尤其是自己能够揭穿。现在我丢掉了最后一层面具，你们应当祝贺我！"应当祝贺你，回到赤子之乡的瞿秋白！你在一个充满包装、充满面具的国度里喊出"揭穿假面具"的赤子之声，并赢得赤子无所遮拦、无所顾忌的大快乐。你生命最后的瞬间是真实也是美丽的。

25

在波罗的海宁静的水滨，站立着安徒生的美人鱼，在风涛中凝固的故事与雕塑。两度和她见面，每一次都是生命的重新相逢，每一次我都呆呆地凝望着她。我知道自己生命中最隐秘的内核与她相通，这内核，便是对爱的期待，一切怅惘都因为爱的失落。面对着她，我还想到民族的脾气与性格。一个名字叫做丹麦的国家，竟然以童话中的美人鱼作为民族的图腾，不怕人们说它幼稚。这样的国家是幸运的，它将永远拥有梦与天真。难怪哥本哈根这样甜这样浪漫。我的故国太老成了，它早已远离童话。高挂的图腾，曾是孔夫子，曾是诸葛亮，虽是圣人与英雄，但缺少天真。我更喜欢美人鱼，更喜欢紧连辽阔沧海的童话。

26

回归童心，这是我人生最大的凯旋。

当往昔的田畴碧野重新进入我的心胸，当母亲给我的最简单的瞳仁重新进入我的眼眶，当人间的黑白不在我面前继续颠倒，我便意识到人性的胜利。这是我的人性，被高深的智者视为浅薄的人性，被浅薄的俗人视为高深的人性。此刻我在孩子的"无知"中沉醉：不知得失，不知输赢，不知算计。大地的广阔与干净，天空的清新与博大，超验的神秘与永恒，还有那个没有任何归属的自己，这一切，又重新属于我。凯旋是对生命之真和世界之真的重新拥有。凯旋门上有孩子的图腾：赤条条的浑身散发着乡野气息的孩子，直愣愣地张着眼睛面对人间大困境的孩子。

27

史匹柏格（Steven Spielberg）制作的电影《太阳帝国》是我最喜爱的影片之一。每次看完之后，都忘不了男主角，那个英国孩子Jim。总是忘不了那双迷惘的、困惑的、发呆的眼睛，那双在战争结束后垂挂在肩头上和黑发间绝望的眼睛。

Jim用孩子的眼睛看战争，看到的不是正义与非正义，而是整个世界的不幸。战争双方都不幸，失败者不幸，胜利者也不幸。而他自己，一个孩子，在战争中不仅失去双亲，失去欢乐，而且失去全部生活。战争中的世界没有路，战斗不得，逃亡不得，连投降也没人接受。他从小就做着在蓝天里飞行的梦，也被战争粉碎，尽管空中到处都是飞机。战争制造了大地的废墟，也制造了心灵的废墟。战后的Jim，只剩下一双无言的、发呆的眼睛。眼里全是废墟。

28

孩子的眼里没有敌人也没有坏人。唯有孩子真的相信"四海之内皆兄弟"，敌对的双方都是兄弟。然而，战争却在孩子眼里展示出比野兽还凶狠的厮杀。Jim不知道这是为什么？在太阳帝国日本的一方，有让他恐惧和憎恶的战神，也有救援他的、和他一样只做着飞行梦的年少朋友。但是朋友又惨死在密集的枪口下。朋友的鲜血染红了太阳。梦破碎了，战争的神话破碎了，唯有死亡是真实的。唯有孩子的眼睛看清了真实，看清了战争乃是蓝天下的一片血淋淋。

29

看了史匹柏格导演的《E.T》，便知道最能与陌生的大宇宙相通的是孩子。孩子的心灵如同音乐，能破语言之隔，直达天际。人类对假设的外星人充满恐惧，只有孩子对他们没有防范。孩子心中没有碉堡，没有设防。人类通往地球之外的智能生物世界的唯一使者是儿童。儿童的目光，是投向天外的曙光。天使在哪里？天使就在身边。天使就在你的屋里。

30

成年人喜欢寻找神世界，希望神能帮助自己进入不朽不灭的永恒。孩子则喜欢鬼世界。鬼很丑，但活泼、真实、没有架子。孩子没有力量，但也没有邪恶，所以他们不怕鬼。如果真有鬼世界，孩子也能和鬼对话。美国的鬼节，其实就是儿童节。

31

如果说"从一粒沙可看出一个世界"这句话还有些夸张的话，那么，说"从一颗童心可以看清一个民族"就绝无夸大。童心这面镜子才足以照明世界是否衰老。在将死而未死的世界，童心总是彷徨无地。如果童心渴望逃亡，那一定是世界太世故、太苍老了。

32

让人间的暴君最感到头疼的是提问。孩子最喜欢提问，孩子的天性就是提问。《十万个为什么》是孩子们最喜欢的书，十万个提问之外还有最简单的提问，这也使暴君感到恐惧：你为什么杀人？你杀了人之后为什么不承认杀人？这是最简单的属于孩子的问题。孩子的天性并不排斥自己的回答。孩子往往能回答学问家无法回答的问题。"暴君三餐的食物就是人。"孩子可能这样回答，简单而明了。

33

　　萨特说，他永远希望着，但不打扰别人的希望。我设计不了希望工程，但我可以护卫孩子的希望视野，如果让孩子们看到，前辈用功读书、勤奋工作最后的结果是走进牛棚和精神裁判所，这就摧毁了孩子的希望视野，也无所谓希望工程。希望工程不是金钱累积的，它是从儿童时代开始展示的前方景观。希望视野如此预告：未来的美好世界是为诚实的孩子准备着的。

34

　　尼采说人生必经骆驼阶段、狮子阶段和婴儿阶段。最后是婴儿阶段，我仿佛正在经历这一生命的第三旅程。婴儿不是长不大的生命，而是崭新的心灵存在。在第三旅程中，我所作的是"反向努力"，不是朝前征战，而是向后回归。骆驼把自由化作沉重的责任，背着责任跋涉沙漠。之后，便如狮子去争取自由，为自由而战斗得遍体鳞伤。这之后，便是反向回归，努力创造一个婴儿般的布满黎明气息的新的生命本体。

35

　　应当救救自己。全部感觉都被改造过了，连眼睛也麻木，连手脚也僵硬，连哭泣也有点走样。全部理念都被冰冻过，同化过，连反教条的文字也带着教条的尾巴。我知道我是我自己最后的地狱，黑暗聚集在地狱里。带着这沉重的地狱，怎么去救孩子，难道要裹胁孩子一起入地狱？明白之后，只想救救自己，只想孩子救救我。

36

童心像天天的日出，天天都有光明的提醒：不要忘记你从哪里来，不要忘记那个赤条条的自己。你不是功名的人质，欲望的俘虏；你不是机器的附件，广告的奴隶；你不是权力的花瓶，皇帝的臣子。你是你自己，你赋予成为自己的全部可能。你是山明水秀大地怀抱中的农家子。与高山、流水、田野还有山花山树山鹰关系的总和，那才是你。

37

眼睛的进化是从畜的眼睛和兽的眼睛进化成人的眼睛，并非是从儿童的眼睛进化成老人的眼睛。努力保持一双孩子的眼睛，并非退化。孩子眼睛的早熟，使人悲哀。当我看到孩子疲倦的眼神时，总是惊讶；而看到他们的苍老世故的眼神时，更是感到恐惧。我喜欢看到老人像孩子，害怕看到孩子像老人。

38

俗气覆盖一切的人间找不到一块可以存放心灵的净土。眼泪是为无辜的孩子流的，但无处存放；忧伤是为洁白的生命燃烧的，但无处存放；呐喊是为冤屈的灵魂叫响的，但无处存放。

39

聂绀弩在赠予我的诗中，把我比作哪吒，莲花的化身。这一比喻是人间给予我的最高奖赏，我再也不需要别的奖赏了。自从这一首赠诗出现之后，我的生活便有了路标：往莲花的方向走去，用生命的事实抹掉比喻，让自己真的成为污水难以染污的莲荷，然后脚踩双轮驰骋于高远的蓝天和平实的大地。切不可在精神雪崩的时代里，让天赋的品格与崩塌者同归于尽。

40

常常在书桌旁坐不住。窗外是金色的秋天，9月的菊花开得那么动人，白桦树上的每一片叶子都像孩子好奇的眼睛。五十岁之后，我每天都伴随着小花小草小树生活，稿纸上的每一个格子都被花木的芳香所浸润。能生活在这些大自然的婴儿群中真是幸福。我和小花小草都是大自然的孩子，都生活在庄子的《齐物论》中。平等的世界，哲人的乌托邦就在眼前最平常的园地里。

41

人类伟大的母亲，无论是西方的夏娃，还是东方的女娲，都是赤条条的，她们美丽得无需任何装饰。她们的生命永恒地静止在青年时代，我从未见过她们苍老的脸孔。既然原始母亲如此年轻，那么，我自然可以永远是个孩子。如果额头上长出了皱纹，躯体内也该有一双孩子的眼睛。

42

人类下体的遮羞物愈来愈精致。开始是树叶子，以后是麻布，现在则是绸缎、金环、玉饰，还有名号、地位、桂冠，而最精致的遮羞布则是称作"主义"的各种学说体系。有了庞大的遮羞物，苍白、贫乏、专横都不要紧，遮羞物的进化是人类进化的一节故事。我喜欢孩子，孩子不需要遮羞布，他们身上的一切都很美，连撒尿也是美的。我就看过许多孩子撒尿的雕塑，精彩得很。

43

谋杀生命的凶手也许可以找到，但谋杀天真的凶手永远找不到。人类正在用自己发明的电脑、电视、计算机、香烟、书籍谋杀孩子的天真，剥夺孩子的童年。但人们看不到凶手，看不到无罪的罪人。也许，某些时候，我也是谋杀孩子的"共谋"，只是自己不知道。

44

在美国中学校园的草地上，我看到金发少女们在抽烟。烟雾弥漫着，我看到"雾中人"的眼睛非常苍老而且充满倦意。老师只管传授知识，并不留意孩子的眼睛和弥漫的烟雾。美国的学校非常自由。自由带给学生许多快乐，但自由的滥用也抢走了少年眼睛中黎明的亮光。我害怕，害怕看到孩子眼睛里的黄昏景象。

45

我所居住的城市Boulder，发生过一个谋杀女孩的著名案件。电视屏幕上常常出现这个被谋杀的小姑娘美丽的头像。面对照片，我感到双重震惊：天底下竟然有人忍心谋杀这样的孩子；这孩子的眼睛竟然如此成熟。成熟得像她母亲，成

熟得仿佛早已看透这个将要谋杀她的世界。这双眼睛传达给
我的信息是：她的眼睛没有童年，在她的整个生命被剥夺之
前，她生命中的一个部份，生命的天真，早已经被剥夺。

46

　　回到童年，回到割草砍柴的山冈，回到长满青苔也布满
幻想的大榕树下。想着想着，觉得自己真的实现了一种梦，
真的步入了人类思想的山峰，真的在那里漫游，真的在那里
吸取芬芳。当年采撷映山红的时候，我只想到以后要在另一
些山脉里遨游，没想到竟然来到这样的山峦，竟然可以采撷
人类思想的鲜花嘉卉。这是多么好的人生，想到这里，我对
一切都不抱怨。

47

　　当年轻诗人海子自杀的时候，我觉得自己比谁都要更
理解海子。海子即孩子。他太单纯，与一个布满世故布满心
机的世界完全不相宜。在需要生存策略的时代里，海子的心
灵注定束手无策。与其被时代窒息而死，还不如自我了断。
忘记是谁说的话：要抹去孩子眼中的泪水，霆雨洒在蓓蕾上
是有害的。只能爱那个热爱孩子并用整个身心护卫孩子的世

界，不能爱那个践踏孩子的世界。我常用加缪《鼠疫》里那个约医生的话表明自己的心迹："我至死都拒绝那个让孩子们受到折磨的世界。"

48

一个民族最隐秘的心灵，很难通过书本去寻找，也无法从外部世界去观察，但可以从孩子的眼睛里看到一切。五四运动时，文化先驱者们发现中国孩子照片上的眼睛是呆滞的，没有光彩。这一发现使他们把拯救孩子的声音喊得更加响亮。今天，我虽看到孩子的眼睛不再呆滞，然而，却看到孩子眼光成熟得太早，甚至已带上成年人的狡黠。我害怕看到孩子眼睛里也绷着一根弦，比当年鲁迅看到闰土眼里的麻木还要震撼。

49

争取人的权利，首先应是争取孩子的权利。而对于我来说，首先是争取童心自由的权利。这一权利就如安徒生笔下那个孩子：可以道破皇帝新衣乃是骗局的权利，以及道破之后不受皇帝制裁的权利。对于我，灵魂的主权就是像孩子那样直言直说即童言无忌的权利。

50

罗曼·罗兰笔下的约翰·克利斯朵夫，刚诞生时他的母亲就对他说了一句话："你多么丑，我又多么爱你。"不管孩子有多少缺陷，但对孩子的信赖不可改变：开始于生命的第一页，而无最后一页。

51

看到世界被无孔不入的市场所充塞，看到人间布满市场气、市侩气，更明白所谓童心，乃是在算计性空气的包围中仍然拒绝算计、拒绝世故的自由存在。

52

孩子的眼光是笔直的，但没有攻击性。

孩子的眼光是炽热的，但没有烧伤力。

孩子的眼光是柔和的，但没有鄙俗气。

53

孩子的眼睛穿透不了目的，常常只看到手段。残暴的手段总是使他们惊恐尖叫，不管目标多么神圣，一看到手段的血腥他们就尖叫。在孩子的心目中，手段重于目的。成年人的眼睛看到伟大的蓝图，还用蓝图来掩饰手段的黑暗。孩子的眼睛比成人的眼睛更可靠。

54

哲学家们批判本质主义，发现了人文宇宙相对论，给人们的思想注入了活水。庄子的齐物论，也是反本质主义的相对论，其思想光辉早在两千年前就映照天地。然而，当下哲学家走火入魔之后却把价值撕成碎片，所有的文化都变成了碎片文化。于是，人间便找不到完整的心灵，也找不到童心。童心也被解构。如此以往，将来的世界就不是孩子的世界，而是痞子的世界。

55

印度的甘地从未被中国所接受，但泰戈尔却征服了中国。这种征服，不是耻辱，而是童心的凯旋。它向中国展示着希望：古老的大地仍然有童心生长的土壤，拥抱童心的读者仍然很多。其实甘地也有童心。他的童心深藏在他的非暴力的境界里。他和托尔斯泰心灵相通，与强权抗衡时完全像一个执拗的孩子。

56

孩子最容易让人看到希望，也最容易让人感到绝望。上世纪六七十年代，我看到身穿军装的中学生抽打老师，看到他们的眼里发出一种近乎狼的目光，看到他们从早晨到黄昏去捕猎可怜的诗人与作家，而且还听到他们不停地宣布要把人踩上一万只脚，叫他永世不得翻身。这个时候，我唯一的感觉，就是绝望。

57

孩子正在变坏，孩子也布满杀气。鲁迅在《孤独者》中写道："一个很小的小孩，拿了一片芦苇指着我道：杀！"鲁迅不幸言中了。他所写的"一个很小的小孩"在四十年之后，变成千百万个嗜杀的小孩，这些红孩儿被命名为红卫兵。他们的全部本质只有一个字："杀！"战歌也是"杀杀杀，杀出一片新天地"。到了美国之后，更看到孩子不仅在喊"杀"，而且真的开枪杀了自己的老师与同学。看到流淌的血，我想到斯宾格勒，他警告说，性、吸毒和暴力，正在进入少年共和国，它将导致西方的没落。可惜西方听不进他的警告。

58

祥林嫂唯一的孩子被狼叼走了（《祝福》）；寡妇单四嫂子唯一的孩子被江湖医生用"保婴活命丸"治死了（《明天》）；华老栓唯一的儿子华小栓吃了人血馒头后昏沉沉地死了（《药》）。唯一的孩子死了，独一无二的希望死了。希望一旦死得干净，连"唯一"的希望也死亡，留下的便是地狱。但丁在地狱门口看到那里的告示说：到了这里，请放下一切希望。

59

鲁迅《铸剑》中的小主人公眉间尺从孩子变成大人，其成熟的标志是复仇理念的觉醒。一旦被母亲提醒，就义无反顾地踏上复仇之路，而且为复仇毫不犹豫地削下自己的头颅。一个彻底复仇者是不考虑任何代价的，也不考虑输赢，只想消灭对方。眉间尺固然勇敢，但他对仇恨的敏感也让我恐惧。倒是余华《鲜血梅花》中的少年阮海阔让我的灵魂得到喘息。阮氏少年，是另一个眉间尺，但这是一个失去仇恨敏感的眉间尺，一个模糊了"敌人"概念的眉间尺，一个不再为父辈的亡灵抛头颅洒热血的眉间尺。

60

鲁迅在《狂人日记》中让狂人告诉人们：中国人既被吃也吃人，狂人也吃过妹妹的肉。妹妹是孩子，唯有孩子还没吃过人。鲁迅呼吁"救救孩子"，就是让未曾吃过人的孩子从此退出吃人的历史，退出吃人的结构，退出吃人的大循环。

61

人类的眼睛正在伸延，正在穿越太阳系伸向宇宙的黑洞和黑洞外无边无际的星云星海。然而，人类常常看不清眼下的孩子的尸首。有一些人看清了，另有一些人想挖掉看清者的眼睛，所以眼下红的血比天外黑的洞还要模糊不清。

62

与动物相比，人类有一伟大处常被忽略：它不像动物那样注定要走向腐朽——即使是狮子，也难逃愈老愈腐朽的宿命。人类可以在走向腐朽与走向再生的歧路上进行选择。当飘忽的白发在头上预告生命衰老的时候，他们可能转向新生，即以孩子为导师，重新赢得孩提王国的心灵状态，再次让布满早晨气息的天真像旭日从自己的身体地平面上第二次升起，从而远离动物式的溃败。决定一切的不是年龄的多寡，而是心灵状态。无论岁月如何变迁，我的母亲永远是25岁，永远是我孩童时期看到的那个年轻的、秀丽的母亲，她像星星一样永远不会衰老。母亲的情怀是我心灵的摇篮，所以我的心灵也不会衰老。如果不是母亲的眼泪对我性格的软化，如果不是两个女儿的微笑对我心肠的净化，我可能也会变为苍老的、冰冷的石头。

63

世纪初的俄国诗人安年斯基（1858—1905）这样为孩子请命："你们找我？我已做好准备。他们做了坏事，我们承当。给我们——监牢，但给他们——鲜花……给我们的孩子，人们啊——太阳！"他还接着请命说："孩提时代的生命线更为纤细，这个年龄的时光更为短暂……请不要急于责骂他们，而要不失体面地娇惯。""假如你们不理解孩子的／低声抱怨——这是不幸，／让孩子低声说话——这是耻辱，最苦莫过——让孩子战战兢兢。"（引自《俄国现代派诗选》第309—310页，上海译文出版社，郑体武译）。诗人期待天下的父母都有一副可靠的肩膀，如同天然的屏障，能为孩子承担苦难与"罪责"，也为他们挡住一切恐惧与惊慌，让他们免于恐惧，让他们自由地撒娇，大声地叫嚷，让他们的脊骨正常而正直地生长。这是我们的天职。

64

金庸小说世界是个童心建构的世界。我喜欢这个世界里的理想人物郭靖，他永远带有孩子般的呆傻，不知道"金刀驸马"的价值。当贵族子弟们疯狂地追求驸马的桂冠时，他完全不知道这顶桂冠是什么东西。呆呆的，痴痴的，直到他拥有"降龙十八掌"最高强的武艺时，仍然是个孩子。他修炼修到最高境界时，便是修到保住儿时的那一点呆傻。大智若傻的孩子最有力量。孩子可以拆解权力。《射雕英雄传》是一个童心拆解权力的故事，《鹿鼎记》也是一个童心拆解权力的故事。只是后者更复杂。

65

鲁迅在《狂人日记》中只呼吁"救救孩子"，没有规定孩子自身的责任。《铸剑》则要求孩子要尽责任并要为责任付出手中的宝剑与肩上的头颅。那个名叫眉间尺的孩子毫不犹豫地答应了。他长大了，知道"自由"是自己觉悟到的，"权力"是需要自己去争取的，哪怕有英雄帮助也要靠自己去付出。

66

生命需要氛围，我喜欢生活在大自然的氛围中，已喜欢生活在书本的氛围中，尤其喜欢生活在孩子们天真的空气中。当孩子的晴光暖翠照耀的时候，我仿佛从冬眠中苏醒，人间的寒冷立即就会消失。每个孩子都是太阳，它能化解把人类引向坟墓的朽气。因此，呼唤"救救孩子"时，也该呼唤"孩子救救我"。

67

阅读《幻想的诗学》（法国加斯东·巴什拉著）时，才知道比利时作家弗朗兹·海仑斯有一精彩的思想：人的植物性力量存在于童年之中，这种力量会在我们的身心中持续一生。我虽不完全了解海仑斯的"植物性"内涵，但知道植物永远平实与清新，它没有动物的野蛮、凶猛和吞食他者的原始欲望。它是植根于大地并和大地连成一体的没有侵略性和攻击性的力量，是天然而经久不衰地播放着花叶芳香的力量。人一旦丧失天真，便是丧失植物性。一个只有动物性而没有植物性的人，不是一匹狼便是一只狐狸。

68

罗曼·罗兰，谢谢你，谢谢你读出了托尔斯泰的童心：
"《战争与和平》的最大魅力，尤其在于它年轻的心，托尔斯泰更无别的作品较本书更富于童心的了，每颗童心都如泉水一般明净；如莫扎尔德的旋律般婉转动人，例如年轻的尼古拉、洛斯多夫、索尼亚和可怜的小贝蒂亚。……最秀美的当推娜太夏（中译本《战争与和平》译为娜塔莎）。可爱的小女子神怪不测，娇态可掬，有易于爱恋的心。我们看她长大，明了她的一生，对她抱着对姐妹般贞洁的温情——谁不曾认识她呢？美妙的春夜，娜太夏在月光中，凭栏幻梦热情地说话，隔着一层楼，安特莱倾听着她……初舞的情绪，恋爱，爱的期待，无穷的欲念与美梦，黑夜，在映着神怪之火光的积雪林中滑冰。大自然的迷人的温柔吸引着你。剧院中的肉体的狂乱洗濯灵魂的痛苦，监护着垂死的爱人的神圣的怜悯……"（引自罗曼·罗兰《托尔斯泰传》中译本第46页，傅雷译，北京商务印书馆，1995）

69

托尔斯泰，我永远的偶像。我真喜欢你晚年孩子般的啼哭，你受不了人间的贫穷、苦难、奴隶般的生活，于是你就像婴儿那样哭泣。你的大关怀与大悲悯不像高坐于云端的菩萨，而是像孩子那样推开摆在桌子上的肉和米粉团子，"他们在受苦，我们却在吃肉"，你吼叫着，吵闹着，走出家园，像最任性的孩子。你拒绝一切暴力，用孩子的执拗拒绝，用绝对的方式拒绝，什么堂皇的理由都被你撕成碎片。可惜你死得太早。要是再活四十年该多好啊，我一定能听到你诅咒两次世界战争的天真无畏的声音，太多花言巧语的世界多么需要你的声音。

70

谢谢你，伟大的曹雪芹，我心中的另一个太阳。谢谢你给了我一个伟大的礼物：一个良知的家园，一个不朽的故乡。这里的土地被你十年的眼泪所浸泡，这里集合着美貌与心灵都那么精彩的兄弟姐妹，这里跳动着一颗名叫"宝玉"的真情真性的心。如果我的"良知的家园"还没有问世，我的人生该会怎样的寂寞？我的精神之恋该何处寻找依托？怕只能以寂寥对着寂寥，以空漠对着空漠。

贾宝玉的人格心灵何等可爱。在浊水横流的昔时中国，在朽气充塞的豪门府第，他的出现，就像盘古刚刚开天的第一个早晨出现的婴儿，给人以完全清新的感觉。他的眼睛是创世纪第一个黎明的眼睛，与世俗的眼睛全然不同。这双眼睛的内涵让我激动不已，它所看轻的正是世俗眼睛所看重的，它所看重的正是被世俗眼睛所看轻的。于是，这双眼睛迷惘了。虽然迷惘了，却是我今天与未来的旗帜。

71

向你致敬，《西游记》的作者吴承恩。感谢你献给我一个孙悟空，一个淘气的精灵，一颗顽皮而英勇的童心。孙悟空是举世无双的英雄，又是永远活泼的孩子。没有欲望，没有心机，没有猜忌，没有野心，蔑视所有的权威与教条，蔑视天兵天将天皇帝，却敬佩师父唐僧的大慈大悲。童心不是幼稚，不是无知，童心是不屈不挠、不死不灭的正义的精灵。

72

孙悟空，我真喜欢你的眼睛。你的眼睛在太上老君的炼丹炉里烧掉了一切杂质，却留下孩子的正直。孩子的眼睛是千里眼，云遮雾障，乔装打扮，你都能把它看穿。猪八戒的眼睛老是不明亮，因为世俗的利益把它搅得又混又浊。老子说"圣人皆孩之"，我补充说：齐天大圣也是大孩儿。

73

　　你好，地球北角的安徒生。那年我到哥本哈根，到处寻找你的踪迹。我知道你喜欢去哥本哈根的大街小巷漫步，监狱、济贫院、城墙、花园，都全变成你的童话王国。那天我疯了，到处寻找夜莺、丑小鸭、老房子、天鹅巢、单身汉的睡帽、老橡树的梦、墓里的孩子、妖山、红鞋、冰姑娘、卖火柴的小姑娘、世界上最美丽的一朵玫瑰……这些全是我童年的梦，全是我的故乡。那天我想起了博尔赫斯，他临终时就想到日内瓦，那是他最后的乡恋。我到了这里，才知道我曾有过锥心的乡愁，渴念的正是你创造的儿童合众国。

74

　　那个衣不遮体的卖火柴的小姑娘，曾经在哪条小胡同里叫卖？我从小就思念她。她是在离火炉、离圣诞树、离烤鸭只有几步远的地方死去的。在划亮最后一根火柴的时候，她仿佛觉得，死去的祖母把她带到天国里去了。可是，这只是幻象。伟大的安徒生，谢谢你，那么早就送给我这个卖火柴的小姑娘，这个不幸的孩子是人类给我孩提时代的馈赠。有这个小姑娘在心里，我就知道送给人间以光明的人，自己总是站在寒冷的黑暗中。她知道火炉、烤鸭、圣诞树就在附近，但不属于她。那么近，又那么远；那样几步路，又是那样关山重重。你让我看到这个距离，让我知道为怎么消除这个距离而生活。

75

还有那位母亲。死神夺去她唯一的孩子，她在黑夜中冒着风雪去寻找。为了问路，她把一双眼睛交给了湖泊，用温暖的胸脯去救治冻死的荆棘，最后又用一头黑发向魔力花园的看门老太婆换了一头苍老的白发。为了孩子，母亲把什么都奉献了。安徒生，母亲的伟大是你教导给我的，我的《慈母颂》的灵感是你赋予的。在阶级斗争疯狂的岁月里，我依然爱着天下所有的母亲，包括被称为"黑五类"的母亲。就因为你的伟大的灵魂，早就在我的心坎里播下这个故事。

76

陀思妥耶夫斯基，我向你致意。在我的青年时代，找不到一个像你和托尔斯泰样的老师。没有一个人像你这样对真理如此渴望。神是不是存在？基督之深、之美、之爱，是不是真理的终极？人类是不是在不自然的状况下被创造出来的？倘若是，这个创造者是谁？你被苦难抓住了灵魂，被真理抓住了血脉。你像孩子不断发问，"一边呻吟，一边探索人生"。谢谢你，谢谢你帮助我知道，生命固然重要，但不仅要渴望生命，而且要渴望生命的意义。我们不必把生命视为重担，但也不能期待生命渴求意义时能够轻松。"基督终身辛苦，我等也不得休息"，这是巴斯噶的话，也是你的心声。

77

《卡拉玛佐夫兄弟》的伟大作者，你笔下的人物伊凡的话让我记取："我根本不相信凡事该有一定的秩序，只是对我而言，只有春天刚发出的芽，那一股清新透明亮丽的样子，才能引起我的崇敬。"今天这句话依然低回在我胸中。孩子，便是大地春天刚萌动的嫩芽。我对孩子的信赖，对生命初始清新亮丽的活力的敬意，和伊凡的话有关。世上真正有价值的东西，可不就是这清新透明亮丽的生命。

78

你逢人便要询问人生的意义，苏格拉底，这固然太沉重，但是，你是真正的哲学家。什么是古希腊的执着？什么是人类思想的韧性？什么是哲学家的大心灵？苏格拉底便是。伟大的苏格拉底，你多么呆，多么迂，多么任性，硬是要叩问出一个世界的意义来。为此，你竟付出生命的代价。然而，当执行死刑的蠢人把毒汁交给你的时候，你依然只有压倒死神的思索。你最深邃，又最单纯。你最有智慧，又最不知保护自己。彻底的哲学家到底都是个孩子，至死还在挑战蒙昧与世故。

79

大诗人歌德，你是个无神论者，但似乎不彻底。然而，这一不彻底却给你一个对于天才的精彩认识。你说："每种最高级的创造，每种重要的发明，每种产生后果的伟大思想，都不是人力所能达到的，都是超越一切尘世力量之上的。人应该把它看作来自上界、出乎意外的礼物，看作纯是上帝的婴儿……它接近精灵或护神，能任意操纵人，使人不自觉地听它指使，而同时却自以为在凭自己的动机行事。"（参见爱克曼的《歌德谈话录》）你正是把自己看作上帝的婴儿，所以你赢得永不衰老的罕见的幸福与奇迹。浮士德一定会告别玛甘泪和其他情人友人们，因为她（他）们不可能以自由心灵伴随着他不停顿的伟大而艰辛的脚步。爱他的朋友和情侣一定会要求他把自己的生命纳入文明的秩序之中，然而，卓越的漂泊者永远不可能成为固定秩序的奴隶。

80

我喜欢浮士德，也喜欢唐·吉诃德。唐·吉诃德更富有童心。谢谢你，塞万提斯，谢谢你创造一个没有心机、没有心术、没有心眼、傻乎乎地只知往前进击和打抱不平的呆子。阿Q往后退缩，而且满腹是退缩的理由，而唐·吉诃德一味前进，却说不出理由。他全然不知权力的逻辑与世俗的逻辑，自知生命总得往前走，一停顿就要充当魔鬼的俘虏。阿Q太老了，而唐·吉诃德则是一个永远的大孩子。理由是灰色的，理由的体系也是灰色的，唯有天真天籁如草木常青。唐·吉诃德给我的启示是：个人与庞大的功利社会较量，虽然力量悬殊，但不可丢掉孩子总是往前的逻辑。

81

老泰戈尔，我再次向你致意。如果你还健在，该有多好。我想告诉你：你的早晨与黄昏的飞鸟，一直停留在我的身上。它的最后一根羽毛，写着："我信赖你的爱。"我不需要什么旗帜，只要这一根洁白的羽毛就够了。万古云霄一羽毛，千秋万载我都会记住你这句话。

82

飘拂着满头白发的印度老诗人，我还记住你的另一句话："上帝期待着人从智能里重获他的童年。"所有伟大的生命都是个小孩，他们死的时候，不是留下尸体，而是把童年留在历史的记忆里。因此，这个世界不会苍老。你如此酷爱世界，虽然世界以痛苦亲吻你的灵魂，你却报予世界以美丽的诗章。你永远是个孩子，所以，你才能发出这样的祝福：让死了的拥有不朽的名，让活着的拥有不朽的爱。

83

"每个婴孩的出世都带来了上帝对人类并未失望的消息"，泰戈尔，想起你这句话，我就不敢轻言绝望。世界仿佛愈来愈寒冷，但是，每一个婴儿的诞生都是一次早晨的日出，一次春天的回暖，一次"末世"的否定。热带的哲人与诗人，你所报告的这一伟大信息，我在这里必须传播。因为此时被金钱所发酵的俗气覆盖一切，世纪末的寒气与躁气又再一次笼罩着人间。

84

想起你的名字，泰戈尔，我又想起了游荡的光波。你说，游荡的光波正像一个赤裸的小孩，欢乐在绿叶丛中。他是不知道大人会说谎的。你不断赞美婴儿又不断赞美光明，原来是因为光明全都漂流游荡在撒谎的国度之外。有人说：离死亡愈近，离谎言愈远。而你从小到老，都远离谎言。

85

在图书馆里面对从亚里斯多德到莎士比亚、托尔斯泰的精神大海，我常常情不自禁地伸出手去抚摸他们的著作，像抚摸父亲伟大的肩膀。这个时候，我便觉得自己是个刚刚出世不久的孩子，我所做的一切刚刚开始甚至还没有开始。我的路还很远，我的彼岸也很远，紧跟他们，才能走得很远。

86

通过一个苹果打开真理大门的大科学家牛顿，你好！谢谢你在临终之前说你只是一个在大海边上拾贝壳的孩子。知识的沧海无边无际，再明亮的眼睛也只能发现海岸边的几枚贝壳。这是少年时代老师转达给我的第一个启示录。因为你的启示，我才把自己界定为一个坐在海边岩石上永远读着沧海的孩子，在沧海面前懂得谦卑的小学生。也因为你的启示，我才明白，真理的发现开始需要孩子直观的眼睛，然后才是智者头脑的逻辑。

87

北美大地上的沉思者，满腹锦绣文章的爱默生，谢谢你告诉我"真正的诗歌就是诗人的心灵，真正的船只就是造船的人"。谢谢你道破"世界上唯一有价值的东西乃是有活力的灵魂"。尤其要谢谢你提示我，古希腊文学之所以具有永恒魅力的秘密：作为悲剧基础的希腊成年人，一举一动都像孩子那样单纯、优美。一个有孩子般的天资与天赋的精力的人，归根结蒂还是个希腊人。希腊文学不仅使我们"感觉到人的永生，还会让我们感觉到和数千年前的灵魂在同一直觉里相遇，并在相遇中感觉到时间的消失，以至觉得测量纬度和计算埃及的年代没有意义。"（参见爱默生的中译本散文集《美的透视》第138页，湖南文艺出版社）原来，永生的密码在于成年时仍像孩子那样单纯。这些密码不仅带给我生的乐趣，而且还带给我对死的蔑视。

88

茨威格，我向你致意。你六十岁就自杀，怎么如此绝望？可是，我却从你著作中获得不死不灭的力量。你为异端辩护，把良知自由视为人类至高无上的善与幸福。你说：人不能只是按照暴君的指示去活、去死，不能让恐怖扫除一切生命欢乐的创造活力。专制的暴虐，那是毁灭性的瘟疫，它不仅瓦解个人的意志，而且使社会生存成为不可能。人类社会中幸而有你这样的独立思想者和异端权利保卫者，可惜异端为世所不容，异端保卫者也为世所不容。

89

我还要向你致意，你让我明白孩子的意义。你对抱着婴儿的母亲说，你的孩子不仅属于你，他们是人类整体生命的儿女，是整个大生命对于自身的渴望所诞生的。你只是创造的中介，并不是创造婴儿的一切。你给予他们爱，但不能给予他们强大的思想与灵魂。这些思想与灵魂在他乡，要由他们去寻找。茨威格，我爱我的母亲，但是，由于你的启迪，我并没有向母亲索取思想与灵魂。我依靠我自己，并按照那个大生命的渴念去工作和劳动。也告诉自己的孩子应当心怀美丽的目标，去贴近高贵的灵魂和创造自己的灵魂。

90

你的才华如此灿烂，却又如此谦逊与清醒。成名是危险的，你警告着。你说："人一旦有了成就，这个名字就会身价百倍。名字就会脱离使用这个名字的人，开始成为一种权力，一种力量，一种自在之物，一种商品，一种资本。而且在强烈的反冲下，成为一种对使用这个名字的本人不断产生内在影响的力量，一种左右他和使他发生变化的力量。那些走运的、充满自信的人就会不知不觉地习惯于受这种力量影响。头衔、地位、勋章以及到处出现的本人的名字都可能在他们的内心产生一种更大的自信与自尊，使他们错误地认为，他们在社会、国家和时代中占有特别重要的地位。于是他们为了用本人的力量来达到他们那种外在影响的最大容量，就情不自禁地吹嘘起来。"（《昨日的世界》第356页）你的这些话，每时每刻都在护卫着我的天真天籁，让我免于精神浮肿病，免于功名癖好症，也免于被权力所役，被资本所役，被头衔所役，被地位所役。

91

没有一个作家像你这样蔑视教条主义，蔑视那些专制暴虐的愚蠢的辩舌。我和我的同一代人面对的是如此庞大的教条，庞大得使我们的头颅难以抬起。然而，面对教条，我就想起你的声音："自从有了世界，五花八门的灾祸就是教条主义者的工作。那些人毫不宽容地坚持自己的观点和意见是唯一可靠的。正是这些狂热性使他们要求按照他们自己的模式统一思想和行动。"教条主义者们仇恨异端，可是他们的心灵一旦被仇恨的乌云掩盖，就变得一团漆黑。茨威格，你让我明白：书本能造就人，但书本也能谋杀人。正是这些教条主义扼杀了灵魂的活力，历史若要往前走，是不能理睬他们那些灾难性的说教的。

92

福克纳，你记得你说过这样的话吗？"二十岁到四十岁的人是没有同情心的。小孩有这份能力却不知道，等知道时，已经没有能力去做了——已经超过四十岁了。……世上的痛苦都是二十岁到四十岁的人引起的。"天然的同情心，这是人类童心的内涵。孩子没有私利，所以他们会天然地拥抱弱者和被凌辱者，会对所有贫穷和苦痛的同伴伸出爱的双手。二十岁之后走入社会，便进入功利社会而参与瓜分人类文明的果实，此时，"占有"压倒同情。诗的使命正是帮助人类守卫住孩子时代的同情心。福克纳，谢谢你的提醒。

93

拉丁美洲的奇才博尔赫斯，你好，你从幼年开始，就对假面具怀着恐惧。在你的小说里，总是把面具与邪恶、谋杀联系在一起。你的《蒙面染工，默夫的医生》书写一个骗子预言家以金面具掩盖其患麻风病的真面目。你告知人们：世界上最丑陋最可怕的面目却可以用最昂贵、最美的面具包装起来。你以对面具的反感、恐惧和拒绝，表明你对人生的绝对真诚。你把面具撕毁得最彻底，所以你便为自己创造了诗的前提。诗的第一性格是绝对反面具的性格。

94

我向你致敬，冰心老诗人。

你的《寄小读者》养育了我。一个在山野里生长的农家子，在吮吸了生身母亲的乳汁之后，心灵仍然干旱，幸而遇到你。读了你的通讯，我的人生就确定了。什么仇恨也不能把我拉入深渊，唯有童心的向导能把我引入爱的天国。20世纪中国的爱神，我的散文之母与精神之母，请你放心，儿时就确定的道路比什么都更加正直、更加坚定，在你的爱的旗帜下，我将是你忠诚的士兵。你没有张爱玲的"深刻"，但也没有张爱玲的"世故"。深刻者自恋而冷漠，而你虽然

"浅显"，却让爱与温热长久地向外放射。你是永远的母亲，又是永远的孩子。

在鲁迅呼吁"救救孩子"之后，你却呼吁"孩子救救我"。两种声音都是需要的。对于我，两种声音都是号角。

你在《寄小读者》的开篇就对小朋友做出这样的请求："我从前也曾是一个小孩，现在还有时仍是一个小孩子。为着要保守这一点天真直到我转入另一世界为止，我恳切地希望你们帮助我，提携我。"你那么早就意识到孩子的纯正之心正是人生的救星。守住孩提时代的天真，避免落入社会的粪窖，便是人生的凯旋。

95

林语堂，辛勤的老乡，我向你致意。你在四十岁的时候，觉得自己是个孩子："一点童心犹未灭，半丝白发尚且无。"在八十岁的时候，你又觉得自己还是个孩子："我以为自己是一个到异地探险的孩子。""我仍然是一个孩子，睁圆眼睛，注视这极奇异的世界。"到了八十岁，还睁着孩子的大眼睛，还好奇地打量着世界，还好事地到异地到一切陌生的地方去漫游、去探险、去发现。在你眼里，无论是中国还是世界，到处都是未经开发的大陆。在大陆上你随意行走，如同一个小孩走进大丛林一般，时而仰望星空，时而俯看虫草。你说你的探险程序中没有预定的目的地，没有预定的游程，也不受规定的向导的限制。

人生的探险不受规定的向导的限制，但是，成功的探险者却在自己的身上找到最可靠的向导，这就是童心。童心把人引向无穷的海洋，引向那些被陈腐的头脑所遗忘的最新鲜的山岗，引向被世俗的眼睛所蔑视的却是最富饶的土地。人间永远不死的向导，就在自己身上。这是无比卓越的造物主和聪慧仁慈的母亲赐与我的向导。

96

丰子恺先生，我向你致意。你是20世纪中国的童心，你写的是童心，画的是童心，胸中跳动的是连一层纱布都不包的赤裸裸的童心。20世纪中国和世界充满争夺，你却与世无争；20世纪的中国充满仇恨，你却无所不爱；20世纪的中国被权力和金钱弄得很脏，你的心地却纯洁无垢。你是一个奇迹，一个柔和的、脆弱的、美丽的奇迹，一个没有咆哮、没有风烟、没有喧嚣的奇迹。想起你的名字，我就会想起自己本是母亲摇篮里的婴儿，除了企求温馨的阳光之外，并没有别的奢望。

97

伟大的哲人康德说，在他心头永远燃烧的，只有天上的星辰和地上的道德律。而你，丰子恺先生，你说你的内心宇宙里，只有天上的星辰与地上的孩子。让我重温你的话："近年我的心为四件事所占据了：天上的神明与星辰，人间的艺术与儿童。这小燕子似的一群儿女，是在人世间与我因缘最深的儿童，他们在我心中占有与神明、星辰、艺术同等的地位。"丰先生，你和康德的话都是我心中的座右铭。在浪迹天涯时，一想起你的话，我对宇宙与人生就充满情意与爱意。只要仰望天上的神明与星辰，我的分裂以至破碎的心思就会神奇地凝聚起来，在人生的江津渡口，就会做出一个简单但又正确的抉择。神明、星辰是人类伟大的向导，艺术与孩子也是人类伟大的向导。基督只活到三十三岁，其实，他还是个孩子。

98

你太爱孩子，太珍惜人类的本真，所以你不忍心人随着年岁的增大一步一步地走进社会肮脏的泥潭。为此，丰子恺先生，你甚至希望造物主能把人的寿命定得更短暂一些。这样，人类可多保持一些纯真，可"减少许多凶险残惨的争斗"。与你相似，曹雪芹也有这种动人的心思，所以他让自己最心爱的少女林黛玉、晴雯们，都带着孩子的天真与天籁离开人世。她们全都没有涉足社会后的肮脏故事。你的理想多么幼稚，但你的理想又是多么洁白。

当学者们在谈论人类进化的时候，丰先生，你却发现个体生命无可挽回的退化。人的一生是一个退化、老化过程。你最怕孩子的老人化，最怕看到儿时的那些天真勇敢的小伙伴，一个个退缩、顺从、妥协、屈服，从小老虎变成小绵羊。你祝福孩子的心永远留在孩提王国的黄金世界里，反叛勇敢退化，反叛天真退化，反叛人类之爱退化。丰先生，你知道吗？你的文章一个字一个字地在我身上注入反叛的力量。我是一个反叛者，我知道我美好的一切都是在反叛中实现的。

99

几次从巴黎的香榭丽舍大街走过，都要在凯旋门的空地上停留。此时，总是想起你，伟大的雨果。想起你在1842年3月30日的那一天，你在这块空地上注视着一个美丽的小孩，她在草地里寻找最早开花的香堇。草地上有三头石膏制作的巨鹰，有曾经在拿破仑出殡时用以装饰香榭丽舍石柱的巨球，但你发现：孩子关注的是香堇，不是巨鹰。你为此沉思良久。谢谢你，雨果，你的这一发现让我激动不已，让我由此想到：一部份人类忙于杀戮、征服另一部份人类，然后以鹰的形象显耀力量，这并非真正的凯旋；唯有人类爱美的天性像香堇飘芳，像孩子那样在大地上跳跃翔舞，才给予凯旋门以真切的意义。

100

一切以孩子为师的诗人、作家、思想家，我向你们致意。克尔凯郭尔，你有哲人的大脑袋，但你总是以孩子为师。你曾说：谁能给我孩子的好心肠？在想象的或真实的需要将人投入忧虑与沮丧中，使人低沉或气馁时，人喜欢感受孩子有益的影响，并向他学习。于是心灵安宁下来，并以感激之情拜他为师。因为孩子，你在艰难中找到支柱，在忧虑中找到安宁，在气馁中找到力量，在坎坷中找到不屈不挠的勇气。孩子是你身上的原始宇宙，天真、坦率、正直、诚实、原创的灵感和思想的第一推动力，全在这不会衰老的鸿蒙世界里。北欧的哲人，在你的形而上的沉思里，人之所以伟大，就因为他师法孩子。

我曾祈求造物主，祈求不要收回他们赋予我的天真与天籁，祈求真与善永远不要离开我。如今，我于冥冥之中终于找到一条路：师法孩子，追随孩子，回到童年那一片清新明丽的心灵原野。

《独语天涯》自注

001

我喜欢何其芳年轻时的诗文，尤其是他的《画梦录》，出国之后，我常望着高远的天空和低回的云彩，想起其中的名篇"独语"和它的画梦般的句子：昏黄的灯下，放在你面前的一本杰出的书，你将听见各个人物的独语。温柔的独语，悲哀的独语，或者狂暴的独语。每一个灵魂是一个世界，没有窗户，而可爱的灵魂都是倔强的独语者。借用老诗人"独语"的概念和它如梦如画的诗意，我穿过历史耀目的长廊，又一次展开心灵之旅。

002

漂流之夜。没有圆月，没有星斗，于幽暗中我什么也看不见。然而，因为独语，我感到肉眼看不见的兄弟姐妹就在身边，百种草叶与万种花卉就在身边，远古与今天的思想者就在身边。黑暗企图淹没一切，但我却听到暗影深处和我共鸣的轻歌与微语。于是，我在虚无中感到实有，在乌黑中看到薄明与亮色。

003

漂泊者用双脚生活，更是用双眼生活。他用一对永远好奇的童孩眼睛到处吸收美和光明。哲人问：小溪流向江河，江河流向大海，大海又流向何方？我回答：大海流向漂泊者的眼里。歌德在《浮士德》中说：人生下来，就是为了观看。真的，人生下来就是为了观赏大千世界与人性世界的无穷景色。所以，在我的远游岁月与独语天涯中，一直跳动着乔伊斯的这句话：漂流就是我的美学。

004

英国思想家卡莱尔说：未曾哭过长夜的人，不足以语人生。日本文学批评家鹤见佑辅在他写的《拜伦传》序言中引述了这句话。

我曾经在最爱我的祖母逝世时哭过长夜，曾经在故乡的大森林被砍成碎片时哭过长夜，曾经在看到慈祥而善良的老师像牲畜一样被赶进牛棚时哭过长夜。我还经历了一轮又一轮的炼狱，胸中拥有许多炼狱的灰烬。我应当拥有独语天涯的资格了。

005

　　像那些在荒漠沙野中身陷孤独的求道者，我常对自己提出的问题是："我还能做什么？"寻找答案时，想起了尼采的话：真理开始于两个人共同拥有的那一刻。可是我只有一个人。然而，我立即想到：主体多重，我不仅是一个现在的自己，而且还有一个过去的自己和未来的自己。分明是三个人。我可以和他们对话，可以和他们共同拥有真理起程的时刻。

006

　　在大滔滔的既往与未来的合流之中／在永恒与现在之中／我总看到一个"我"像奇迹似的／孤苦伶仃四下巡行——这是泰戈尔的诗句。

　　我看到的自己也是孤单的身影，踽踽独行在宏观的历史大道与微观的现实羊肠小路上，独语过去、现在、未来三个时间维度上。虽是无依无靠，无着无落，却与滔滔大浪共赴生命之旅。在莽莽苍苍的大宇宙中，与神秘的永恒之声遥遥呼应。于是，尽管独行独语，却拥有四面八方，古往今来，身内身外。

007

心灵之窗敞开着，面对着共存的一切：太阳与墓地，存在与时间，洪荒与文明，星斗与小草，婴儿宇宙与孩提王国，罗马古战场与阿芙乐尔号炮舰，柏拉图的理想国与奥斯维辛集中营，荷马的七弦琴和乔伊斯的意识流，中国的长城与博尔赫斯的迷宫。在思想的漫游中，我时而与唐·吉诃德相逢，时而与哈姆雷特相逢，时而与贾宝玉、林黛玉相逢，时而与达吉雅娜与洛丽塔相逢。冲锋、犹豫、迷惘、忧伤，不同颜色的独语，我都能倾听，而对于我的独白，他们难道就只有沉默吗？

008

丹麦哲学家、存在主义先驱克尔凯郭尔在《非此即彼》书中写到："你知道我很喜欢自言自语。我发现，在我的相识中间，最有意思的就是我自己。"我相信北欧这位大哲人的话，因为他拥有自己的语言，那是他存在的第一明证。可是，二十年前，我绝不敢承认这句话，因为那时候我丢失了自己的语言。丧失个体经验语言，只会说党派和集团的语言，这不是真的人，而是一只鹦鹉，一个木偶，一副面具，一堆稻草，一颗螺丝钉，一台复印机，一条牛，甚至是一只蜷缩在墙角时而咆哮时而呻吟的狗。

009

夏天的烈日几乎把我的体力蒸发尽了，在疲惫中，我觉得自己的身上什么也没有剩下。对着天尽头那灰蒙蒙落日，我突然产生一种"惊觉"，这也许就叫做"顿悟"。我想到，头一轮的生命终结了。过去，我曾经向故国索取过，故国也曾给予过，而我也努力偿还，我能给予的都给予了，我不再欠债。我已从沉重的债务中解脱，这是生命的大解脱。一阵大轻松如海风袭来，轻松中我悟到：此后我还会有关怀，然而，我已还原为我自己，我的生命内核，将从此只放射个人真实而自由的声音。

010

惊觉之后，我在镜子前看到的自己是完整的，不是碎片，也没有装饰。这是生命的原版。母亲赋予的生命原版，不再被意识形态所剪裁、所截肢、所染污的生命原版。美极了，葳蕤生辉的生命原版。这是神奇童年的心和手，这是自由歌哭的咽喉，这是丛林般的还带着嫩叶清香的头发，这是亲吻过大旷野并播放着泥土潮味的嘴唇，这是能看穿皇帝新衣的眼睛，这是瞳仁，闪闪亮亮地正在映像每日常新的太阳。

我要在生命的原版上写下属于自己的文字。我的仁厚无边的天父与地母，我爱你，我要献给你最美丽的礼物：心灵的孤本，生命的原版，和天涯的独语。

011

拒绝合唱。埋头在山西高原上写了《厚土》《旧址》《无风之树》的李锐，突然抬起头来说：拒绝合唱！这是一个写作者在黄土高坡上的独语，然而，它该也是，该也是一代惊觉者的独立宣言。我要在宣言书上签字，我要在签字后发出更响亮的生命的歌哭，我要独立咀嚼天地的精英然后独自吐出我的蚕丝我的独唱和可能的绝唱。合唱已吞没了我的青年时代，我不能再把整个人生送到合唱里，我已看清合唱的媚俗与空洞，我已给合唱的指挥员发出拒绝的通知。

012

没有拒绝，便没有生活。没有良知拒绝，不可能有良知关怀。而对黑暗与不公平，左拉发出的声音是："我抗议！"冰心发出的声音是："我请求！"请求是妥协性抗议，也不容易。我无法再面向庞大的客体，但我可以要求主体发出声音："我拒绝！"至少必须拒绝谎言，失去拒绝能力，就意味着把自己交给撒谎的世界。

013

此刻，康德从他的林间小道散步到我的心间小道。依依稀稀，我听到了他的独语："人之可贵，是他只遵从自己所发出的法则。这些法则不是他人提供的，而是自己生产出来的。"这是康德对我的第一百次提醒。不错，我的主体黑暗主体懦弱主体混乱匮乏都是因为我太崇尚他人提供的原则，遵从的结果只有一个：只能说他人的话，无法履行内心的绝对命令，包括天真天籁的命令。于是，正如天空失去星辰，我失去了地上的道德律。

014

窗外是穆穆的秋山，山中是娓娓的秋湖，窗内是雪白的书桌，桌上是素洁的稿子。没有人干预我、骚扰我。太阳只给我温暖与光明，没有叫嚷；思想大师与文学大师们只给我智能、思想和美，没有喧嚣。伟大的存在，无须自售。活着真有意思，活着可以和太阳、山川及人类的大师们交谈。紧紧抓住活着的一刹那、一片刻、一瞬间。死了之后，太阳对于我没有意义，大师的精深与精彩也不再属于我。

015

　　层峦起伏的远山，在缭绕的薄雾中屹立。夕阳还在，黑夜尚未完成它的大一统。我又沉浸于寂静中。我不仅看到寂静，而且听见了寂静。易卜生在《当我们这些死者苏醒的时候》一剧中，让一个人物轻轻地问另一个人物："玛亚，你听见寂静了吗？"如果这是问我，我要回答：听见了，我听见了群山孤岭的寂静，听见了星河银汉的寂静，听见了高原上大森林颤动的寂静和云天中兀鹰翱翔的寂静，听见太阳与小草在相依相托中爱恋的寂静。寂静不是死灭。寂静是孕育。死亡是轰动，孕育是沉默。

016

　　不仅是易卜生听到了寂静。所有天才的诗人与作家都能听到寂静。他们具有第二视力也具有第二听力。这种听力是伟大造物主赐予他们的内听觉。贝多芬耳朵聋了的时候却创造了人间最美的音乐，他显然听见了大寂静中的大韵律。第二听觉使大艺术家们从"无"中听到"有"，从虚无与沉默中听到潜在的大音。这是万物万有从"无"中远远走来的足音，这是正在孕育、正在诞生的足音。不论是从母亲腹中走来的孩子还是从宇宙深处走来的星光，他们都能听见其天乐般的情韵。唯有这些无声中的有声，具有永恒之美。

017

薇拉·妃格念尔，我心目中最高贵、最美丽的俄罗斯女性。你出身贵族家庭，才貌非凡，本可享受人世奢华，却偏偏同情穷人、投身革命坐牢二十年。你在自传《俄罗斯的暗夜》中说："孤独与宁静使人心神专注，更能倾听过去的诉说。"人类精神宝库中最丰富的部分，不是今天的诉说，而是过去的诉说，是从苏格拉底、荷马开始的伟大死者们的诉说，这些精神战士的诉说镌刻在书本上。书本没有声响。书海是一片大寂静。

018

此刻，我听到了"过去的声音"，听到了柏拉图与亚里斯多德的诉说；听到了康德与陀思妥耶夫斯基的诉说；听到了乔伊斯的《尤里西斯》和普鲁斯特的《追忆似水流年》。他们的诉说是那样冗长而深奥，我常常站在他们的门外。这回，孤独与宁静把我带进门里，我终于领略了他们的诉说。

《尤里西斯》的门坎，连福克纳都觉得难以踏进，但他踏进了。他说："看乔伊斯的《尤里西斯》，应当像识字不多的浸礼会传教士看《旧约》一样：要心怀一片至诚。"孤独、宁静、至诚，这三者把我的心扉打开了，过去一切最深邃的独白与对语汩汩地流入我的血脉。多么美妙多么迷人的过去的诉说啊，可惜我倾听得太晚了。

019

妃格念尔，当沙皇的王冠落地，当你所献身的目标像东方日出，当人们都沉醉于革命的狂欢节之中，你还喜欢孤独与宁静吗？宁静与孤独是逍遥之最吗？你会为狂欢节中的孤独者与独语者辩护和请命吗？记得帕斯捷尔纳克在《日瓦戈医生》里对着狂欢的人群说：个人的生活在这里停止了。真的停止了吗？应当停止吗？革命注定要抹掉个人生活与独自行吟的权利吗？能回答我吗？诗一样美丽的革命家与悲剧创造者。

020

夜半时分，我推开了窗户。窗外除了远空中的几颗疏星闪烁之外，全是无。无声、无息、无歌、无曲，千山无语，万籁无音，连长堤那边的公路上也没有喧嚣，没有笛鸣。宁静压倒一切。此刻，我意识到大寂静的浓度。浓得像蜜，像酒。我闻到蜜和酒清洌的香味，并渴望吮啜。于是，我朝向空中伸出双手，然后深深呼吸。我的思想除了需要盐的泡浸之外，还需要蜜和酒的滋润。伟大的、辽阔的北美大地，对于别人来说，也许意味着黄金，意味着白银，而对于我则意味着蜜和酒。

021

天底下有谁会像我这样迷恋蜜和酒？天底下又有谁在痛饮一片虚无的液汁后又如此迷恋自己的独存独在独思独想独歌独诉独言独语？如果不是被群体的喧嚣所愚弄，如果不是当够被操纵的布袋木偶，如果不是听够了以各种名义发出的慷慨陈词，如果不是看够了用一千副面具表演的历史悲剧与闹剧，如果不是连自己也说烦说腻了从一个模式里印出来的话语，我怎能从睡梦中醒来，怎能知道夜半的蜜夜半的酒夜半的大寂静如此清醇，一滴一滴都会激发我生命的自由创造与自由运动。

022

终于远离噪音。我的故家就在深山老林中。小时候，我害怕猛兽，但喜欢听到山谷里的虎啸，那一声声雄伟，启蒙了我的孩提时代的豪情。然而，我始终讨厌蚊子的嗡嗡，这种噪音真会伤害人的灵魂。我少年时的浮躁，显然是蚊子激发的。叔本华认为思想者最好是聋子。他厌恶噪音，以至埋怨造物主造出人的耳朵必须始终竖立着始终开放着是个极大的缺陷。如果耳朵可以自由开翕，随时可以关闭，生活一定会美满得多。

023

都说上帝担心人们沉醉于寂静安宁的生活，会不思进取，才制造出撒旦来激活人的热情。可是，我明明看到太阳是孤独的，月亮也是孤独的，它们无须魔鬼的刺激也天天放射光明。上帝何尝不是孤独的。只有魔鬼才喜欢吵吵闹闹。

024

一直在构筑一个属于自己的精神故乡，但是我的故乡与周作人的那种"自己的园地"不同。我并未筑起一道与世隔绝的篱笆，然后躲在篱笆里谈龙说虎，饮茶自醉，顾影自怜。我只是在家园里独自沉思，而思索的根须却伸向大地的底层与心脏。每一根须都连着时代的大欢乐与大苦闷，也连着乡村、城市、大道、监狱和广场。我的园地封闭着又敞开着，孤立着又漂泊着，躲藏着又屹立着。这不是风雪可以吹倒的茅棚草舍。

025

世界很大，人群熙熙攘攘，但无处可以倾诉。正如四周都是海，但没有水喝。处于人群中的思想者就是处于沧海中的孤岛。思想者的人生状态注定是孤岛状态，能在孤岛上翘首相望，作歌相和，便是幸福。

026

我喜欢独自耕耘，远离人群的目光。

美国作家爱默生说："我爱人类，但不爱人群。"我的心与爱默生相通。人类整体是真实的，每一个体也是真实的，但一团一团人群的真实却值得怀疑。

人群是什么？人群就是"戏剧的看客"（鲁迅语），天才的刺客，人血馒头的食客，寡妇门前挤眉弄眼的论客；就是今天需要你时把你捧为偶像的喧嚣，明天不需要你时把你踩在脚下的骚动。

027

人群不认识梵高。此时他的画价创下世界纪录，可是生前只卖出过一幅画：《红色的葡萄园》。售出的场合是布鲁塞尔的"二十人画展"上。他创作了八百幅油画和七百件素描，可是个人画展是他死后两年才举办的。

人群把活着的梵高视为疯子，把死后的梵高视为神。真的梵高活着时只能对着天空与画布倾吐，死后只能在向日葵绰约的花影下沉默。

028

阳光如火的中午，一群黑鸟自远处飞来，遮住了天空与太阳，然后飞进梵高的眼里。这之后，他完成了最后一幅画：《麦田上空的乌鸦》。第二天，他仰望无底的苍穹，用手枪顶住自己的太阳穴，扣动扳机，死在金黄色的麦田里，离开了苍白、冷漠、与美隔绝的人间。

给天才送行的只有烈日、云影和麦地上轻拂的风，之后还有他的七个亲人和友人。梵高的死与群众无关，正如他的存在以及不朽不灭的图画，与群众无关。

029

真理活在事物深处。它不是闹哄哄的集体眼睛可发现得了的。它需要个人的眼睛去体察、去发觉，所以真理常常在少数人手中。群众虽然占有多数，但未必占有真理。雨果曾经大声地叫道："站在多数一边随大流？宁肯违背良心受人操纵？决不！"（引自《雨果传》第437页，湖南文艺出版社）这是天才的拒绝。知识分子拒绝群众比拒绝政权还难，所以许多知识分子都是民粹主义者。

030

生活在人群里而要求得安全，就必须自己也是矮人。或者屈膝跪下，显得比矮人还低；或者低下头去，眼睛只看自己的脚趾，这才平安。身上高于矮人的部份都是祸根，如果高出整整一个头颅，脖子可能会被砍断。然而，必须有敢于不怕削去头颅的大汉在社会中站立着，社会才有活力和境界。有人批评过日本，说它是一个没有柏拉图和亚里斯多德的希腊，但是，近代的日本出现了福泽谕吉、川端康成、三岛由纪夫，日本人可以反驳批评了。

031

普希金的诗吟：我的无法收买的声音，是俄罗斯人民的回声。普希金爱俄罗斯人民，但不爱一团一团的人群，也不奢望人群会听懂他的声音。于是，他又说："在冷漠的人群面前／我说着／一种自由的真理的语言。／但是对凡庸愚昧的人群来说／可贵的心声却可笑到极点。"

人群的评议并不重要，重要的是可贵的心声。

如果死亡不能把我从宇宙中赶走，那么，唯一的原因就是因为我留下了未曾背叛自己的真实的个人的声音，和统一的声音不同的声音，从强大的集体声浪中跳出并存活下来的声音。

032

十几年前，我写作《爱因斯坦礼赞》时，笔下情思汹涌，仿佛有神灵在摇撼我的身体与灵魂。爱因斯坦就是神灵的使者，他到地球上告诉人类许多真理，还告诉我一个真理：人，只是宇宙中的一粒尘埃。人到世上，是尘埃的偶然落定。生命终结，即尘埃飘走。

爱因斯坦给我一种眼光：从宇宙深处看人的极境眼光，从无穷远方观察自身的庄子式的"齐物"眼光。这是伟大的人文相对论。这种眼光使我知道自己在宇宙中的位置，使我心志昂扬但又摆脱人间自大的疯人院。

上海，助我思想飞扬的上海

——此文，谨敬献给已故的谢泉铭、高国平、梅朵、徐启华诸先生高洁的亡灵

一

二十二年来，我走过三十多个国家，欣赏过一百多个城市，每到异乡的一城一池，总会联想起故土大地上的北京与上海。这才知道，"北京"与"上海"这两个名字已在自己的血液深处扎下根了。我在北京居住了二十七年，在上海则逗留不到二十七天，然而，拉开时间与空间的长距离之后，这两个城市在我的记忆中却同样深刻，同样难忘。不管世道如何沧桑，人生如何曲折，"上海"再也挥之不去了。

我常用"是否有灵魂"这一眼光来看城市。因此，总是把城市划分为"有灵魂的城市"和"没有灵魂的城市"，或"灵魂微弱的城市"。《忏悔录》的伟大作者、中世纪宗教思想家奥古斯丁写过《上帝之城》一书。在此书中，他说上帝之城包括精神之城与世俗之城。我引申一下说，凡是

精神之城非常发达的地方，都可称作有灵魂的城市。香港可以说是地球上最繁荣、最发达的世俗之城，但其精神之城却不够灿烂，以至让人们视为"文化沙漠"。我虽多次为香港辩护，但也不能不承认，它是一个灵魂微弱的城市。至于澳门、拉斯维加斯（美国）等处，尽管赌场的灯火格外辉煌，但我还是把它划入没有灵魂的城市。分类，本身就是一种话语权力操作，不免独断，因此朋友之间聊起来也不免会有争论。可是，对于巴黎、罗马、伦敦、北京、京都等城市，朋友们总是一致认定这是有灵魂的城市。这些城市的历史文化积淀太丰富了，那些教堂的尖顶、先贤的墓地、天才的名字、博物馆的珍品，样样都不容你否认这个城市是个巨大的精神存在。对于上海，则常有争论。

　　"上海是伟大的世俗之城"，这一点没有争议。早在上世纪的30年代，上海就与纽约、伦敦、巴黎、东京等大都市"齐名"，成为地球上稀少的"城市恐龙"之一，世俗生活丰富多彩到了极致。可惜从50年代到70年代，上海却陷入了萧条与贫困，霓虹灯下只有哨兵而没有夜市，甚至连霓虹灯本身也失去了斑斓的色彩。恐龙失落了血肉，只剩下了空疏的骨架。1980年我首次见到上海时，只拜访了我的散文诗习作《雨丝集》的责任编辑谢泉铭先生。他是上海文艺出版社的资深编辑，可是他的住房却是令人难以置信的狭小和简陋。特别让我惊讶的是床下还有床，其拥挤可想而知。谢先生就在这一小"蜗居"的灰暗灯光下一页一页地阅读那些无名作者的手稿，包括我傻乎乎地投给出版社的十分幼稚的诗集。我与他素昧平生，可他却在阅读中发现我有写作的"底气"——他在信上这样激励我，让我高兴得彻夜难眠。没有谢泉铭，就没有我后来的《读沧海》和《再读沧海》等，所以我到海外浪迹天涯时，总是对友人说，上海有个默默无闻无私的"神瑛侍者"，他的名字叫做谢泉铭。可是他在破落的上海却几乎没有安居之所。从他身上，可知上海这一城市恐龙已消瘦干瘪到何等地步。幸而转机来了。1985年我到上海参加"文化战略"讨论会，看到的还是恐龙骨架，但那时恐龙之魂已经觉醒，正在翻身重吟之中。那之后的二十年，恐龙又长肉长肥长胖了。如今上海再次成为强大的世俗之城，其辉煌绝不在香港、东京、纽约、伦敦之下。

"那么，上海是不是伟大的精神之城？"关于这一点，朋友之间则总是争论不休。说"不是"的，理由很多。上海没有罗浮宫，没有先贤祠，没有类似大英帝国博物馆的博物馆，没有类似罗马斗兽场的历史遗迹，没有西敏寺那种埋葬着牛顿、达尔文、狄更斯的大教堂，没有剑桥、牛津、哈

佛那样的现代大学，甚至没有北大、清华这种老牌大学。原
先历史深厚的"圣约翰大学"已经消失，1949年后才浮上地
表的"复旦""华师大""同济"等，历史毕竟太短。"交
大"资格较老，可是分身一半到西安。上海虽然曾经"阔"
过，但没有建设国家博物馆与城市博物馆的传统，艺术的珍
品善品只是个人收藏，私藏者的"家"也许有魂，但公共的
"城郭"还是没有魂，比不得北京故宫博物院那种长悠悠、
沉甸甸的气象。

　　争辩中我总是属于"保海党"的一方，总是竭力论证
上海乃是有灵魂的城市。1985年我到上海时曾接受上海电视
台的采访畅谈上海。那时我就说，上海是中国近代史上最先
打破海禁即最先打开门户的城市，是聚集着管理精英和工艺
精英的中国现代化先锋城市。上海"敢为天下先"，所谓
"海派文化"便是敢开风气之先的文化。这一基本认识，我
一直坚守着。在海外与朋友的争论中，我还说，别小看上海
的"租界"与"十里洋场"，没有这些租界与洋场，就不会
有张爱玲，甚至也不会有完整的鲁迅。不是吗？鲁迅的《且
介亭杂文》，就得益于半租界。整个左翼文学之所以能蓬勃
发展，也完全是借助上海的生存夹缝、社会氛围和心灵的温
热。鲁迅被誉为"民族魂"，而这一魂魄最后十年是在上海

磅礴跳动的。"鲁迅时代"上海那么多文学刊物，其辐射的时代光芒覆盖全中国。这些刊物为什么能生存？因为有读者。那时的上海聚集着无数苦闷而有理想的中国青年，他们渴望读书，渴望新知，渴望真理。这种渴望，便是灵魂的骚动。在论辩中我也承认，上海的灵魂在上世纪下半叶之初的二十多年里受到摧残，多元文化变成一元文化，连原先左翼文化的首领潘汉年也被送进牢狱，而我的写作课老师（厦门大学中文系）、原上海市首任宣传部长彭柏山也被送上十字架，更不用说张爱玲彷徨无地，只能逃亡到海外了。上海啊上海，我能理解你，大有大的难处，大就让人注目，让人不放心，让人不能不看得更严，管得更紧。可是一旦严紧，灵魂就难以拥有活力，才子才女们就难以拥有天马行空的精彩了。

二

我之所以竭力为上海辩护，还因为我和上海文艺界尤其是上海文艺出版社还有一段富有诗意的"因缘"。"因缘"里蕴藏着我终生难忘的激励之情。

去年五、六月之交，我应《东方早报》所属的"上海书评"陆灏兄的邀请，前去上海参加由"早报"主办的十年文化成就奖颁奖活动。很荣幸，我被尊为"颁奖人"，给文化英雄们颁奖。除了参加颁奖活动之外，我还到上海图书馆讲述"红楼梦的哲学阅读"，到华东师大文学院讲述"红楼梦与西方哲学"，到译文出版社评述李泽厚的答问录新书。就在出版社的座谈会上，我和阔别了二十三年的好友、前上海文艺出版社副总编郝铭鉴相逢。这一相逢真让我喜出望外，高兴了好久。

郝铭鉴兄是改变我命运的一个上海出版家。让我"暴得大名"（胡适语）的《性格组合论》正是他推动出版的。他当时身为出版社的负责人，亲自来到北京，向我约稿。说他正在组织一套名为"文艺探索书系"的丛书，以探索为手段，以开拓为目的，一定要让我的论著打先锋，作为丛书的开山之作。他还运用手中的"权力"，说出版社租了旅馆，可让我在上海躲藏起来写作几个月（我果然也到上海躲着读清样），其真诚的态度令人感动。在他的敦促下，我很快写就最后三章，完成了这部理论著作。1985年到1986年之间，我接到郝铭鉴兄许多电话和信件，每封信都是"你可放开写"一类的鼓励与叮咛。那两年，我从铭鉴兄身上，得到最多的温暖和力量，并通过郝铭鉴，我感受到来自上海助我思想飞扬的暖流。除了铭鉴兄，还有一个让我永远难忘的已故的友人，这是徐启华。他那时在《文汇报》担任副刊主编。出国后他英年早逝，真让我的伤感伤到心底。我在2004年所作的悼念文章《文学殉道者的光明》中有一段这样的纪实文字：

> ……正是这个低调的《文汇报》副刊主编，在80年代用他的全副心力支持我的探索，毫无保留地为我推波助澜。他对我说："你的文章，无论是理论文章还是散文诗，我都一律发表。"这种绝对态度，使我深受鼓舞。1985年6月，我应他所约，写了"文学研究应以人为思维中心"，他接到后立即打电话给我，说他将立即发出，并加编者按语，组织全国性讨论，声音是兴奋的。果然，7月8日，文章就见报，接着便是牵动人心的热烈讨论。在他的推动下，我进一步把中心论点学术形态化，写了《论文学主体性》，进一步引发更大范围的论争。今天国内外学界都知道我是80年代"文学主体性"学案的主角，却很少人知道是启华拉开了"文学主体性"讨论的序幕。1986年秋，文学研究所在北京召开"新时期文学十年"大型研讨会，我做了"论新时期文学主潮"的报告，篇幅一万字，他竟然决定要在《文汇报》全文刊登。我说《人民日报》已决定刊登了，他却说，他们登他们的，我们登我们的。就这样，出现了南、北两大报同时刊登我文章的特异现象，而制造这一现象的正是那个腼腆的上海编辑。读了《文汇报》我才明白，这个说话声音柔和的启华很

有大将风度，很有独撑灵魂的内在力量……

《性格组合论》刚一出版，《人民日报》就在第一时间中报道"一抢而空"的消息。这之后，便一版再版，直至第六版，发行量近四十万册，成为1986年的"十大畅销书"之一，还得了几个主要报刊联合颁发的"金钥匙奖"。对于奖项和外部评语，我历来不在乎，觉得自己不受批判便是凯旋，最重要的是能够发出自己内心真实而自由的声音。但"金钥匙"这一名字实在很美，也很切合我的喜欢打开思想门窗的心灵走向，所以就记住了。

《性格组合论》第一版发行时，郝铭鉴和上海文艺出版社的郑煌等其他负责人，特在上海举行发布会，还要我做个"讲话"。面对一千多个好学的听众，我以最坚定的语言颂扬巴金所作的"忏悔录"（原书名《随想录》）。说明忏悔乃是民族新生的第一步。我们曾共同创造了一个错误的时代（文化大革命），在错误中我们每一个人都有一份责任。对这份责任的体认，便是良心。"受蒙蔽"而进入"共犯结构"没有法律责任，但有良知责任。演讲后我收到几百张字条，其中那些感人的语言除了给我震撼之外，还让我感到上海这个伟大城市显然跳动着一颗集体性的伟大的良心。演讲后，我开始签字，队伍排得很长，一些拥到讲台上的性急的年轻朋友差点把桌子挤倒。签书半小时后"拥挤"现象愈来愈烈，我坐不住了，郝铭鉴诸兄怕我不"安全"，竟把我"驾走"，匆匆逃离会场。那一天，我感到80年代的上海真是一团火，烧得我浑身是热，也烧得我思想更为动荡更为活泼。所以从上海返回北京之后，我便立即撰写《论文学主体性》，一发不可收了。

1986年10月的一天，钱锺书先生急着找我，说他得知《性格组合论》印数已超过三十万，让我要"知止"，说"显学很容易变成俗学，不要再印了"。钱先生一言九鼎，我立即写信给郝铭鉴兄，请上海文艺出版社不要再增印了。出版社尊重我的意见，也就止于第六版。钱先生是个极有智慧的大学者，他深明"知止不殆"（《道德经》）的真理，劝阻我完全是为了保护我。

《性格组合论》让我"暴得大名"之后果然也让我进入多事之秋。而在此"秋季"里，又是上海把我推得愈走愈远。首先是《文汇月刊》记者刘绪源带着梅朵和肖关鸿的好意到北京采访我。开始时我还是逃避，但最终扭不过绪源兄的"执着"，从而对他回应了姚雪垠先生的批评。姚先生在《红旗》杂志写了两篇数万字的长文，对我进行"炮轰"。

此事非同小可，一旦回应，便会演成一件大事。果然，刘绪源的采访录在《文汇月刊》（1988年2月号）以头条的形式在显著位置发表之后，引起了姚先生的愤怒，他声言要到法院起诉我。剑拔弩张之势形成了，事态严重化了。尽管那时我收到无数"声援"的电话与信件，包括律师的"自告奋勇"，但我还是略感不安，觉得自己可能犯了和姚先生一样的错误：上纲上线。文化大革命的毒汁固然在姚先生身上有所反应，在我身上也有所反应。姚先生说我"反马克思主义"，我还以姚先生"顺四人帮路线"。尽管双方针锋相对，旗帜鲜明，各显"政治正确"的姿态，但都没有在学术上进入真问题。不过，由上海《文汇月刊》发动的这场半论争半官司的戏剧，却让我更深入地思索文学与意识形态的关系问题，即让我更彻底告别文学顺从意识形态的悲剧，也更清楚地认清了把文学变成意识形态的转达形式，丧失审美自性，正是当代文学最根本的伤痛。出国后我和林岗合写的《广义革命文学的终结》，其论说主题及其彻底性的审美判断也得益于这场论争，所以我还是要感谢绪源兄，感谢梅朵、肖关鸿兄主持的《文汇月刊》和它立身的大上海。

出国十年之后，又是上海最先记起了我。上海文艺出版社再次"敢为天下先"向我约稿。此次是出版社的资深老

与钱锺书

编辑高国平先生向我发出热情的约稿信，说出版社愿意出版我在海外所写的《共悟人间》与《独语天涯》两书。我遵嘱把书稿寄给国平兄。不到半年，两书的简体字版一起问世了。每本发行量一万八千册，而且很快就售完。2002年，国平兄通知我，出版社决定推出第二版。那时出版社的总编是陈保平兄，副总编是郏宗培兄，两人都积极支持。宗培兄还代表他主编的《小说界》向我约稿，而保平兄到香港时也特别约见了我，表示一定会把书出好。可是没想到第二版刚印好尚未上市，"上头"下令不许发行。此事让真诚正直的高国平非常伤心。但我还是依然如故，因为我早已学会用平常之心对待一切，包括对待成就与苦难。但国平兄在电话上对我说的话，却让我落泪。他说：上海一直怀念你，你的书已长存在上海的心里了。这几句话出自一颗朴实而憨厚的心灵，它让我相信。他本是在安慰我，没想到，这句话却在我内心激起强大的思想波澜。近十年来，我每天黎明即起，笔耕不倦，思想进入新的飞扬时期，这个中有许多原因，但有一原因便是上海助我——上海的朋友助我。天地人间，情感毕竟是最后的实在。上海友人们给我的正是最值得珍惜的助我思想飞扬的真情感。此刻我想起给我激励之情的国平兄、启华兄和谢泉铭、梅朵先生已经去世，再也无法向他们说一声感谢，实在难过得难以自持，写不下去了。不过，最后还想说，倘若此刻我站在奥古斯丁"上帝之城"的门口，那我一定会面向东方充满感激地说："上海，助我思想飞扬的上海，你是一个有灵魂的城市。"

2012年2月14日于美国科罗拉多州

[注]：此文乃应郏宗培先生之约，为纪念上海文艺出版社建社六十周年而作。

不为点缀而为自救的讲述

——"红楼四书"总序

去国十九年，海内外对拙著《漂流手记》（散文九卷）有不少评论，其中我的年轻好友王强所作的《漂泊的哲学与叩问的眼睛》一文道破了我的写作"奥秘"：讲述只是拯救生命的前提和延续生命的必要条件。他以讲述《一千零一夜》故事的动因为喻，说明我的作品不是身外的点缀品，而是生命生存的必需品。相传萨珊国国王山鲁亚尔因王后与一奴隶私通，盛怒之下将王后及奴隶处死。这之后又命令宰相每天给他献上一少女，同寝一夜，第二天早晨杀掉，以此报复女人的不忠行为。宰相的女儿谢赫拉查德为拯救少女，自愿嫁给国王。她每夜给国王讲一个故事，国王因为还想听下一个故事就不杀她，结果她讲了一千零一个故事。她的讲述是生命需求，是活下去的需求。

我的《漂流手记》第五卷《独语天涯》，副题叫做"一千零一夜不连贯的思索"，全书写了一千零一则随想录。王强的评论击中要害，说明我的讲述理由完全是谢赫拉查德式的生存理由。王强讲的是我的散文，其实，我的《红楼梦》写作，也是同样的理由、同样的原因。动力也是生命活下去、燃烧下去、思索下去的渴求。不讲述《红楼梦》，生命就没劲，生活就没趣，呼吸就不顺畅，心思就不安宁。讲述完全是为了确认自己，救援自己。正因为这样，在写作《红楼梦悟》之前，我就离不开《红楼梦》，喜欢和朋友讲述《红楼梦》，与那个宰相之女一样，不讲述就会死。至于讲完后要不要形成文字，倒不是那么要紧。倘若不是学校、朋友、出版社逼迫，我大约不会如此投入写作，几年内竟然写了"红楼四书"（包括《红楼梦悟》《共悟红楼》《红楼人三十种解读》《红楼哲学笔记》）。这一点，剑梅也可作证，如果不是她的逼迫，我大约不会对她讲述，而且讲完还认真地整理出《共悟红楼》对话录。

除了个体生命需求之外，还有没有学术上的需求呢？当然也有。不过，这不是缔造学术业绩的需求，而是追寻学术意境的需求。说得明白一点，是想把《红楼梦》的讲述，从意识形态学的意境拉回到心灵学的意境。尤其是从历史学、考古学的意境拉回到文学的意境，做一点"红楼归位"的正事。《红楼梦》本来就是生命大书、心灵大书，本就是一个无比广阔瑰丽的大梦（有此大梦，中华文化才更见力度）。梦可悟证，但难以实证，更难考证。在人文科学中，我们会发现真理有仰仗逻辑分析的实在性真理与非逻辑非分析的启示性真理，后者就难以实证。熊十力先生把智慧区分为量智与性智，前者可实证，后者则只能悟证。世上几个大宗教和中外文化中的一些大哲学家都发现第一义存在（上帝、道、无等）难以言说，既不可证实也不可证伪。康德说"物自体"不可知，与老子的"道可道，非常道"相通。文学蕴含的多半是感性的启示性真理，是难以考证实证甚至是难以论证的无穷意味。《红楼梦》中的所谓"意淫"，是一种想象活动。这种想象本身就是神秘的、反规范的、无边无际的心理过程。这恰恰是典型的文学过程。贾宝玉和他的许多"梦中人"的关系，都包含着这种"在想象中实现爱"的关系，这是《红楼梦》很重要的一部分精神内涵，但很难实证与论证，只能悟证。再如小说文本中多次出现的"幽香"、"香气"，也无法实证。第五回宝玉梦中到太虚幻境，"但闻一缕幽香，竟不知其所焚何物。宝玉遂不禁相问。警幻冷笑道：'此香尘世中既无，尔何能知！'"第十九回中，宝玉在黛玉处，又"只闻得一股幽香"，于是"一把便将黛玉的袖子拉住，要瞧笼着何物。黛玉笑道：'冬寒十月，谁带什么香呢？'宝玉笑道：'既然如此，这香是那里来的？'黛玉道：'连我也不知道，想必是柜子里头的香气，衣服上熏染的也未可知。'宝玉摇头道：'未必，这香的气味奇怪，不是那些香饼子、香球子、香袋子的香。'"到底警幻仙子和黛玉身上飘散出的是什么香味，有的学人说，这是美人身上的体香，也有人说是衣服中的物香。而我却通过悟证，说明这是警幻、黛玉"灵魂的芳香"。对于黛玉，也许正是其前世"绛珠仙草"的仙草味。这种不可实证却可让人通过感悟进行想象和审美再创造，便是文学，便是历史学、考古学和其他学科难以企及的文学。我在"红楼四书"中使用的"悟证"法，既不同于知识考证与家世考证，也不同于逻辑论证，虽近乎禅的通过直觉把握本体的方式，但我却在"悟"中加上证，即不是凭虚而悟，而是阅读而悟。参悟时有对小说文本阅读的基础，悟证过程虽与"学"不同，却又有"学"的底蕴与根据。这算不算独立的自性法门，只能留待读者去评论。

《红楼梦》的情思浩如渊海，有待一代一代读者去感悟，而悟证又有益于《红楼梦》研究回归文学。期待"红楼归位"，自然是有感而发。20世纪"红学"兴旺，但也发生一个文学在"红学"中往往缺席的问题。以意识形态判断取

与俞平伯先生在一起（1986年）

代文学研究且不说，上世纪一些具有代表性的"红学家"，固然有王国维、鲁迅、聂绀弩、舒芜等拥抱文学的学人，但无论索隐派、考证派、新证派都忽略了文学本身，所以才有俞平伯先生晚年"多从文学哲学着眼"的呼唤。蔡元培是我最为敬爱的知识分子领袖人物，但以他的以名字为符号的"索隐"研究，却把《红楼梦》的无限自由时空狭隘化为一个朝代的有限时空。尽管其经世致用、以评红服务于反满的目的可以理解，但其结果毕竟远离了文学。在考证上开山劈岭的胡适，其功不可没，没有他的努力，我们可能还不知道我国最伟大的小说作者曹雪芹，也不知道《红楼梦》大体上

是作者的自叙传，作品的故事框架与曹雪芹的人生家世框架
大致相合。可是，胡适作为一个"历史癖"，却不会欣赏
《红楼梦》的辉煌星空，他竟然认为"《红楼梦》比不上
《儒林外史》；在文学技术上，《红楼梦》比不上《海上花
列传》，也比不上《老残游记》"。他甚至认同苏雪林的论
断："原本《红楼梦》也只是一件未成熟的文艺作品。"
（1960年11月20日致苏雪林的信，引自《胡适论红学》第267
页，安徽教育出版社，2006年）胡适这种看法十分古怪，他
断定《红楼梦》"未成熟"，恰恰暴露了自己文学见解的幼
稚。鲁迅说："博识家的话多浅，专门家的话多悖"（《且
介亭杂文二集·名人和名言》）。专门家胡适倒应了鲁迅
"多悖"的评价。把胡适的考证推向更深广也更见功夫的周
汝昌先生给我们提供了非常丰富的曹氏家族沧桑的背景材
料，使我们在阅读文本时更明白曹雪芹在处理"真事隐"与
"假语村"两者关系时费了怎样惊人的功夫（这可能是世界
文学史上独一无二的个案）。周先生的《红楼梦新证》成了
20世纪"红学"的一个里程碑，可是，周先生竟然把对《红
楼梦》的文学批评、文学鉴赏排除在"红学"之外，把"红
学"限定在曹氏家世的考证和遗稿的探佚之中，这又一次使
"红学"远离了文学。俞平伯先生早期也错误地认为"《红

与刘心武

楼梦》在世界文学中底位置是不高的" "应列第二等"
(《红楼梦辨·红楼梦底风格》)。后来他做了修正,认为
可列"第一等"。可是,在1980年5月26日的国际研讨会上他
却说:"我早年的《红楼梦辨》对此书评价并不太高,甚至
偏低了,原是错误的,却亦很少引起人注意。不久我也放弃
前说,走到拥曹迷红的队伍里了,应当说是有些可惜的。"
(见王湜华编《红楼心解》第276—277页,陕西师范大学出
版社)连俞先生也未能理直气壮地肯定《红楼梦》为世界一
流一等作品,勉强肯定之后又发生摇摆,这不能不令人感到
困惑。不过,前贤的努力毕竟为我们提供了再思索的前提,

即使偏颇也提供给我们再创造的可能，无论从哪一个角度上说，我们都应当铭记前人的功劳与足迹。说要把《红楼梦》研究从历史学、考古学拉回文学，这只是我个人的意愿，并没有"扭转乾坤""改造研究世界"的妄念。

德国天才诗人海涅曾把《圣经》比喻成犹太人的"袖珍祖国"，我喜欢这一准确的诗情意象，也把《红楼梦》视为自己的袖珍祖国与袖珍故乡。有这部小说在，我的灵魂将永远不会缺少温馨。

2008年7月10日

于美国科罗拉多大学校园

本色文丛

（柳鸣九主编　海天出版社出版）

《往事新编》许渊冲／著

《信步闲庭》叶廷芳／著

《岁月几缕丝》刘再复／著

《子在川上》柳鸣九／著

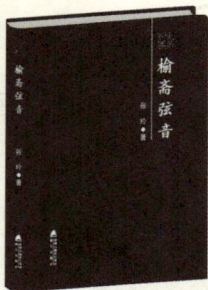

《榆斋弦音》张玲 / 著

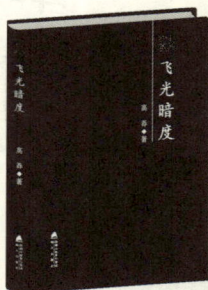

《飞光暗度》高莽 / 著

《奇异的音乐》屠岸 / 著

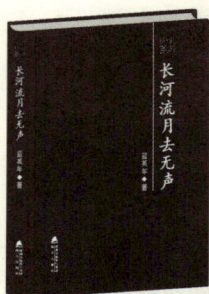

《长河流月去无声》蓝英年 / 著